中国报告文学理论建构丛书

报告文学作家论

李炳银 主 编
丁晓原 副主编
李朝全
刘叶郁 著

河北出版传媒集团
河北教育出版社

图书在版编目（CIP）数据

报告文学作家论 / 刘叶郁著 . —— 石家庄 : 河北教育出版社, 2021.11
（中国报告文学理论建构丛书 / 李炳银主编）
ISBN 978-7-5545-6592-6

Ⅰ.①报… Ⅱ.①刘… Ⅲ.①报告文学 – 作家评论 – 中国 Ⅳ.① I207.5

中国版本图书馆 CIP 数据核字 (2021) 第 213910 号

书　名	报告文学作家论 BAOGAO WENXUE ZUOJIA LUN	
作　者	刘叶郁	
出 版 人	董素山	
责任编辑	杨　乐	
装帧设计	牛亚勋	
责任校对	张亚楠　　张翼成	
出　版	河北出版传媒集团 河北教育出版社　http://www.hbep.com （石家庄市联盟路705号，050061）	
印　制	河北荣恩印刷有限公司	
开　本	890毫米×1252毫米　　1/32	
印　张	5.5	
字　数	130千字	
版　次	2021年11月第1版	
印　次	2021年11月第1次印刷	
书　号	ISBN 978-7-5545-6592-6	
定　价	32.00元	

版权所有，侵权必究

序

李炳银

亲爱的读者，当这套《中国报告文学理论建构丛书》呈现在你面前时，我深感欢喜和欣慰！在经过近三年时间与多位学人共同努力取得这些成果后，收获的感觉十分甜蜜。可是，这种稍有缓释的情绪获得的同时，也有一种忐忑感却又开始了。这是因为，我深知这套理论丛书的编撰和出版，意味着中国文学，特别是报告文学理论工程的建设，第一次有了专题系统的研究成果呈现，这具有填补理论空白的意义和作用。这个行动本身，首先就富有价值，值得珍贵。但是，这个果子的品质如何？味道怎样？却需要读者鉴别。也正因为如此，使我喜忧共存。另外，丛书中《报告文学文体论》（郭志云）、《报告文学作家论》（刘叶郁）、《报告文学创作论》（刘浏）、《报告文学史论》（黄菲蒂）几位年轻的文学理论研究学者，担纲撰写，也非常令人欢喜。这是报告文学创作走向深入高端，理论人才壮大的体现。我非常自信，《中国报告文学理论建构丛书》的出版，是报告文学理论建设的重大收获，是报告文学创作历史的新的里程碑，是具有开创和史性价值的中国文学理论研究现象。尽管它很可能会存在不少缺陷和偏颇，但一个正确方向领域的开启，就是成功和对理想目标的有效接近！

中国报告文学作为一种逐渐明朗起来的文体，是在1930年前后，受到德国等欧洲文化现象的影响，然后由日本传播进入中国的。报告文学在中国生发成长之后,在反封建、抗击外来侵略斗争和自身国家民族进步的发展过程中,曾经发挥了很多特殊突出的作用,出现了像瞿秋白的《饿乡纪程》,夏衍的《包身工》,萧乾的《流民图》,范长江的《中国的西北角》,黄钢的《开麦拉前的汪精卫》,王石、房树民的《为了六十一个阶级弟兄》,穆青、冯健、周原的《县委书记的榜样——焦裕禄》等作家作品;到1978年中国社会开始新的历史时期之后,由于徐迟《哥德巴赫猜想》、黄宗英《大雁情》、理由《扬眉剑出鞘》、柯岩《船长》等很多作家作品的巨大影响,在促进思想解放运动、拨乱反正、改革开放、讲好中国建设发展故事、追求中华民族伟大复兴梦的激情精神行动中,发挥了很好的作用。报告文学的旗帜在中国高扬,声势浩荡,繁荣兴盛,"由附庸蔚为大国",在中国文学创作的天地定宗立派,成为显族。作为一种新的文体表达形式,报告文学在近百年的经历发展中,有借鉴吸收,更有开拓和创新,如今在作家队伍壮大、创作实践方面的丰硕繁荣成果,其影响作用十分罕见。报告文学创作的实际表现和特性存在,已经为理论的认识总结和探讨,提供了非常厚实丰富的基础。

可惜,此前很长时间里,对于报告文学的理论认识界定、分析归纳和深入的理论研究探讨比较少。虽然自一开始就有茅盾、袁殊、周刚鸣、以群、田仲济、秦兆阳等不少人给予不少关注和认识表达,但终究是零散和直观感受的,缺乏全面系统和深入。造成这种局面的原因,与报告文学多年处于生成发育阶段,处于逐渐成熟的过程中,还未能将自己的面貌性格比较充分地展现出来有关;还同很多人坚守诗歌、小说正宗的传统文学观念,缺乏对报告文学这样的新文体形态抱有开放接受态度有很大关系。报告文学很长时间存在于新闻和文学的夹缝当中,被相互推拒,招致地位模糊,根基未稳。这种未能比较清晰的面容和摇晃不定的存在状态，使不少人对报告文学产生疏忽隔膜和缺乏真准认识，也影响了更多人参与理论关注研究的热情。

创作实践和理论解析总结，是报告文学相互依存发展的两个方面。报告文学作为一种新颖年轻的文学表现表达方式，在缺乏精准理论观察引导下自由自然探索生长，当然对其无约束的自然生长会有好处，或许对其进行多方面多形式的寻觅实践还会有某些便利。但是，这样的创作状态不宜持续过长的时间；否则，反而会因长时间的无序状态影响报告文学沿着正确的个性轨道不断前行。因此，理论研究建设的适时出现非常重要。正如前面说到的，报告文学当今的创作实践，已经表现出的广大丰富和多样性存在，已经为理论性的认识研究和科学总结提供了很好的基础条件。所以，理论建构的活动可以说正当其时。《中国报告文学理论建构丛书》正是在呼应着报告文学创作的需要而开始和结果的。

《中国报告文学理论建构丛书》从报告文学"文体论""作家论""创作论""史论"四个主题角度分别展开研究，试图首次给报告文学一种全面系统深入的认识解析和判断总结表达，渴望对报告文学文体特征、作家要求、创作规律、历史行迹等给予系统分析阐述，入其堂奥。这些研究表达，更多是在认识总结报告文学作家作品实践成果基础上的归纳认识，也是在回顾辨析此前很多人关注表达对报告文学理解观点时的吸收表达。当然，这些理论归纳分析和力尽系统性的呈现，无疑也是代表了撰著者自己的或部分人们的理解层面和观点，具有个性主张立场。但是，不管是归纳总结别人，还是自我思考表达，其目的都是希望通过这些研究表述，能够对报告文学给予相对真准到位的认识理解，对报告文学作家的创作独特性包含及要求给予观察判断，对报告文学作为一种文学现象的发生发展历史判断等给予理论表述。这几个方面的内容，基本涵盖了报告文学的所有理论范围，也是人们在接触、认识、感受、判断等时候经常会遇到的问题。这也恰好说明，回答这些问题疑问的迫切性和必要性。这里容纳的学术见识表达，自然是努力抵达肌理，但由于各种原因，很可能依然会存在不周全、不充分、不精准的地方。我们恳请所有关注者坦诚批评指正，提出建设性意见，使之日臻完善，长远地有利于报告文学发展繁荣。

　　报告文学作为一种独特的文学表达，之所以在诗歌、小说等其他文学形式之外还有新生的空间和个性存在价值，就是因为报告文学具有自己介入社会生活，并以独特的表达手段产生作用影响的特殊能力。报告文学这种文体的出现，就是因为诗歌、小说在现实社会生活日益复杂多变的局面下，社会生活中存在的许多真实思想情感蕴含、戏剧故事性和巨大的群体期待性内容，事实上已经大大地超越和覆盖了作家、诗人的虚构想象空间和私人情感，故而小说、诗歌很难真实及时、精准鲜明、周详充分、简短艺术地描绘表达社会生活中真实存在的故事人物，不易给读者的渴望以迅速满足的情况下发生的。社会生活的真实表现，经常是一种因为复杂的环境条件改变而出现，并非完全遵循固定逻辑发展的存在，作家的虚构可是在按照一种主观逻辑设计延伸的表达。因此，虚构永远不会比真实生活的表现更富有新鲜和机动灵活丰富性。作家的虚构想象活动，是在主观构想逻辑过程中的延伸推进，而实际的社会生活经常是突破逻辑的动感表现。爱因斯坦说，逻辑可以从A点到D点，但生活实际却可能从A到任何一点。这种社会发展变化情形，在如今这个迅猛发展的信息网络化时代，表现就格外突出。当社会现实人生中的矛盾以至灾难、战争正在激烈蔓延，各种纷纭复杂的现象、信息使人失去接近精确判断的时候，如果诗人还在局限于主观自我抒情怀，小说家还在安坐室内主观虚构编织平庸浮泛的传奇故事，置读者的强烈需要而不顾，读者就会对文学因为不满足提出新的期待和要求。

真实性是人们生存生活渴望的重要欲望表现，真实性也是人们开始自己认识选择行动的基础。所以，真实是所有精神文化行动和表达的根基所在。当其他文学体裁表达在与真实，与社会现实生活出现疏离和表现无力的时候，以趋向真实表达为根本原则的报告文学，就在这种社会文学关系背景下创新出现了。作为新型文体，报告文学是社会人生存在需要催生和作家适应读者呼唤生长出的文学新苗。一个时代有一个时代新兴茁壮的文学。《诗经》、先秦散文、汉赋、唐诗、宋词、元曲、明清小说等，书写了中国漫长的文学道路上的辉煌。文学体裁的探索改变，是适应着时代社会生活的需要而发生的。这种发生在很多时候是时代的要求和选择，并不完全以作家的爱好为取舍，作家只有敏感地接受和积极地参与这样的文体写作，才能够以最新式的表达实现对时代社会人生的充分书写。如今，报告文学这种带有分明时代特征的文体出现，是一个文学书写和历史的新开始。

报告文学创作既是作家自己的文学行为，但因为这种文体的特殊需要，作家的创作却总是同现实的社会人生对象紧密联系。所以，报告文学作家应当具备时代天下观念、家国情怀，非常需要有像屈原一般的对于国计民生的真诚关注，需要有一种与民众忧乐共享的社会人生态度和使命精神。报告文学总是在积极的社会建设与合理的批评淘汰中发挥自己独特的作用。新闻的基因和文学艺术的基因组合与巧妙变异新生，催动了新的更强的报告文学。报告文学的生成，与现代新闻报纸业的发展关系紧密。在其初期阶段，也是以特殊手段表达填充报纸新闻的不足为目标的。但是伴随着时代的进步改变，报告文学在接触更加广泛多样的社会生活对象的过程中，自身也在不断地变化和调整，已经很自觉和努力开阔自己的视野和思路，在更加宽泛的社会生活面上表现自己的观察和思索，对于新闻已经有很大的补充和超越，将报告文学自身推移到了社会生活变革与文明发展的重要舞台。报告文学作家已经在社会生活中担当起瞭望和监督的神圣责任，对那些伟大高尚和英勇坚韧的文明行为给予真挚的歌赞；对于那些罪恶丑陋和自私怯懦的消极行为给予抨击和规劝；为社会的公开、公正和公平，趋向文明健康发展建设提供有力的支持。报告文学写作，因为作家需要认真地参与社会变革发展的进程，将自己置身现实社会的潮流旋涡之中，总会不断接触各样的题材事件人物。对于作家来说，这种不断放射性的写作过程，面对不同题材领域人物的情形，是对作家的高要求，很大考验，难度甚多，自然就需要作家既要密切了解感受社会脉搏变化情形，及时广泛阅读社会这部大书，还需要多方面的文化知识积累，并获得深入抵达广博的层级。所以，报告文学写作，对作家要求虽然很严格，但这样的写作，同时也是对作家不断的提高和丰富的过程。最后聚沙成山，纳流成河。报告文学创作，不像某些作者，总在自己熟悉的社会生活范围创作，还声称"挖一口深井"。有人虽然将一生的积累和能量掏空了，但挖到了丰水，可以欣慰！可仍有不少人，一生都在一个地方开挖，付出很多劳动，筋疲力尽了，结果却还未见到水，自己反成了个井底之蛙，使人惋惜。

鲁迅先生曾经将文艺视为作家在现实社会人生环境中"感应的神经，攻守的手足"。我以为用先生这句话来认识感受报告文学很贴切。报告文学创作经常是发生在作家对现实生活的独特观察感受或众说纷纭的信息状态下的一种独特发现和判断的时候，似乎不同于小说创作中那种作家自己生活经验的积累与抒发情形。报告文学与社会现实生活这种电光石火、冰冷血热般的联系，是格外强烈的。报告文学说到底是作家个人密切结合真实社会现实存在的主观社会表达，借用了新闻事实真实原则特性和文学艺术形象描述叙述的手段，但却不同于新闻更多是客观事实简洁表述呈现的情形。新闻最大的特点是客观真实和快速简洁等要求。新闻在很多时候是被动地追寻，是对于新的事件现象和人物的选择追踪记述，因此有人自嘲地说："新闻记者总是像狗一样追寻着味道在奔跑。"可报告文学的特点是真实独特和深刻充分与形象生动，作家有比较大的主动选择性。尊重真实性原则的态度就不必再说，但新颖独特、个性深刻和形象生动，却是报告文学作家需要非常重视和认真对待的。独特，深刻，是一种对作家社会眼光和理性思维高度的考验要求，是不同于机械感应跟随和客观描述的。报告文学"忧思"的价值正是在这些独特的题材选择和个性见识判断中表现出来，"攻守"的行动也因为这些表现发生不同的作用。

报告文学创作，不是社会人生真实事实的机械搬运挪移，是对社会生活现实的一种理性的关注点化过程。"忧思"是报告文学"攻守"的利器，是报告文学有别于新闻客观机械描述而具有主观态度的地方。报告文学的"忧思"是"苟利国家生死以，岂因祸福避趋之"式的大"忧思"，是应当将人类文明进步和当下的国家民族利益与百姓的冷暖喜悲感受放在前面的。像屈原、范仲淹、鲁迅等那样，是"忧思"天下，而不是纯粹个人的自哀自叹、得失计较等。"忧思"也不只是简单地揭穿疮疤，暴露隐私，报告文学是一种应当有突出理性思考表达的文学表现。我曾经归纳说：报告文学是有社会责任使命担当的知识分子，在密切参与现实社会建设发展过程中，以真实存在的事实人物对象为基础，独特观察、理性判断和艺术形象地图文表达的文学形式。报告文学隶属于文学范畴。但同时，又因为报告文学立足于真实事实的原则，它就自然地具有了一种"存史"的功能。我最早提出"史志性报告文学"的概念，正是基于很多此类作家作品的基础。在这个"存史"的表现中，报告文学是接受了人们对现实矛盾焦点问题渴望了解需求的同时，也很好地吸收了中国文化优秀传统中记事抒怀发思的文化特点。司马迁的伟大著作《史记》，被鲁迅赞美为"无韵之《离骚》，史家之绝唱"，是在文学和历史表达存在方面具有伟大意义的。《史记》虽然不能够简单地与报告文学等同，但两者是存在很多的内在沟通联系的。报告文学这个存史功能的拥有和运用，有对《史记》的借鉴和吸收，是一颗种子在新的土地上生长的结果。"史志性报告文学"的出现，很大地丰富和延展开阔了报告文学的领域，也使得报告文学的内容生命力因此而更加拓展茁壮和长久，价值作用突出有力。

报告文学面对的是现实社会生活间各种纷纭的世相人物，也需要思考和真实记述，但在具有这所有的基础内容之上，作家对于自己面对的对象，是否能够给予独特深刻的思想评判和文学形象艺术的表现，使之产生很好的"经世致用"的作用，却是个非常重要的问题。一切的文艺，看似直观生动叙述和形象展现，但在根本上都是对于某种思想精神和情感情绪的追求与有益事实的记述与生发。所以，作品理性情感的内容蕴含，才是所有文艺作品的核心所在。这种蕴含成分的有无、多少，往往是文艺作品价值力量显示的尺度。那种过分地将故事性推向文学作品的极端位置的看法，是浮浅偏执和错误的。这样的理解是基于初始时小说生发于"街谈巷议""道听途说""志怪""传奇"等娱乐性基础上的浮浅见识。报告文学也会是这样。对于报告文学作家作品来说，仅仅是事实对象的真实呈现是远远不够的，更加重要的是作家通过真实的事实人物，在认识评判对象以至在更大的范围空间，鉴别出对象的价值作用和影响才是终极目标。作家需要有对真实事实的确切理性把握解释，更需要由此开启生发的能力。文学创作，是作家观察选择和认识把控社会人生的表达过程，不是机械的社会人生事实拍照和搬运。

报告文学倚重新闻的真实品质，汲取小说等文学体裁的叙述表现艺术手段和智性的观察校鉴，然后构筑自己具有个性表达的文学风格，使自己自立并强势表现于文学天地。所以，在很好地面对现实社会人生，给社会人生丰富内容以理性的观察理解，在保真社会存在的事件人物之后，报告文学依然需要很好地解决完成文学艺术表达的任务。而这些也是内容范围的形式传输表现，依然是报告文学构成的重要部分和价值所在。报告文学是要依靠这样的文学艺术表现翅膀从社会大地起飞，飞向广大的社会空间和读者中间，在作家作品和读者之间建立起沟通的桥梁，完成初心到目标的到达。积四十多年的报告文学阅读研究感受，我曾经指出：真实是报告文学的生命、现实社会人生是报告文学的舞台、思想理性穿透力是报告文学的灵魂、文学艺术表达是报告文学的翅膀。优秀的报告文学作家作品，需要具有转事成识、转识成智、转智成诗、转诗成史的能力。

报告文学作为一种独立个性文体，自然应当会有自身的规定性和规律存在。但是，对于这些独特性规律性给予精准系统深入的理论阐述，却不是一个简单的事情。不同作家会有不同的表现，各有高招，互见优长。其中，会出现见仁见智的现象。但我相信，所有相关报告文学的认识理解，创作实践，都会是趋向对其深透理解把握的有益表现。我清楚地以为，这部丛书所包含的大量内容，都很好地具有这样的趋向作用。应当承认，报告文学的现实表现非常令人欣慰，但报告文学这种文体的特性优势和承载潜能，还没有充分被我们的作家发挥运用出来。在文体与成果之间，空间依然很大。报告文学是一个可以出大作家、大作品的新型文体，大山在隆起，山峰在耸立，但更多的高峰还令人期待！

《中国报告文学理论建构丛书》，是在2018年6月，呼应报告文学创作发展需要和很多相关人士建议开启的一项重要文学理论研究活动。在开始这个活动之前和之后，我们广泛地开展情况调查和咨询活动，力求从一开始就树立端正、严谨、客观、多元、科学等学术态度和立场方法，先后在河北峰峰、山东泰安、北京等地，开展项目论证、确定论题对象、选择撰著人选、撰写提纲、初稿审阅等。在这个过程中，很多作家、文学理论家给予热情关注和支持。赵瑜、张陵、李春雷、丁晓原、李朝全、魏建军等人发挥了很多建设性的作用，傅洁也作了许多联络工作；郭志云、刘叶郁、刘浏、黄菲莳四位年轻的文学博士，在多年报告文学理论研究积累的基础上，各自分别承担撰著，使得丛书工程得以切实落位。这几位学人都严肃认真对待此事，不惜投入很高的热情和大量的时间精力，尽力出色完成写作，显示了新一代报告文学理论研究人才的新姿态和新气象。十分令人感动，值得点赞。对新时期中国报告文学有辟疆贡献作用的作家理由先生，在得知《中国报告文学理论建构丛书》项目启动的消息时，给予了热情的赞赏支持和帮助，并表达殷切的关注期待；2019年，中国作家协会经严格审定，将《中国报告文学理论建构丛书》项目，确定为年度"全国重点文学创作扶持"对象，我们颇感荣幸和责任担负；河北教育出版社知悉相关消息后，积极表达接受出版这套丛书的热忱态度等，都非常使我们感动，在此深表感谢！正是这种各方向心辐辏的态度和持续支持，聚集和成全了《中国报告文学理论建构丛书》项目的最后成果。中国的文学，特别是报告文学的历史，将会因此有一个新的纪录和开始！

2020年5月23日　于北京

目 录

前 言 ………………………………………………………………… 1

第一章 作家主体论：作为创作者社会实践活动的事实表达………… 5
 第一节 生存视域：作家真实反映社会实践的过程……………… 7
 第二节 审美视域：作家深入体察社会的过程…………………… 17
 第三节 文化视域：作为知识分子担当的历史过程……………… 24

第二章 作家智能论：报告文学作家共有的品格与能力…………… 32
 第一节 作为知识分子的文化品格………………………………… 33
 第二节 作为时代"报告者"的自觉意识………………………… 40
 第三节 作为文学家的创作能力…………………………………… 46

第三章 作家个性论：对社会生活的敏感与文学审美观照………… 50
 第一节 报告文学"文学性"思考………………………………… 51
 第二节 报告文学时代性转换：从"报告"到"文学"………… 60
 第三节 作家关注焦点变化：从素材的敏感到对审美的观照…… 66

第四章 优秀报告文学作家：文体意识·主体意识·文学意识…… 71
 第一节 文体意识·主体意识·文学意识………………………… 71

第二节　理由：小说中"出走"的报告文学作家……………………75
第三节　赵瑜：特立独行的"硬汉"………………………………84

第五章　"出走"与"坚守"：社会转轨下报告文学作家的选择……97
第一节　"聚魅"与"祛魅"：
　　　　商业化背景下文学的整体"失落"……………………98
第二节　"规约"与"自由"：报告文学文体的发展与成熟……102
第三节　"舍弃"与"获得"：报告文学作家的"得失"智慧……110

第六章　现实·历史·创新：
　　　　媒介化背景下报告文学作家创新化发展………………115
第一节　现实挑战：媒介文化带来的"生存危机"………………116
第二节　历史况味：文体自觉坚守"初心不改"…………………120
第三节　创新发展：与技术同行"情境化"传播…………………124

第七章　时代创作与范式转换：
　　　　从自主写作走向主旋律下"邀约创作"……………………132
第一节　质疑与关怀："邀约写作"的现实质疑…………………135
第二节　历史与发展："邀约写作"的历史传承…………………141
第三节　创作与技巧："邀约写作"的"主动"与"被动"………146
第四节　内容与价值：英雄人物·重大事件·精神引领…………151

结语　报告文学参与国家治理与个人发展……………………………160

前　言

何谓作家论？论作家，或作家评论，作家批评，着重研究文艺创作主体的心理结构，分析作家的创作个性和创作过程，阐发作家的创作意识、审美意向。黄展人主编的《文艺批评学》一书中如是描述，"作家评论，是对一个或几个作家的评论，这种文章可以总评作家的一生，也可侧重于创作风格、艺术技巧，思想观念、社会理想、道德修养等各个方面。评论文章立足于作家创作的研究，涉及作家的社会、思想、艺术各方面的情况，还需要对作家人格、情感、审美趣味等深层内容进行研究把握。往往把作家生平、创作经验和作品相结合来评论，述评结合，内容丰富而又深刻，不以论辩见长，但以深厚精切取胜，在资料选择和概括上尤其见出评论者的功底和见识"①。

20世纪30年代，现代意义的"作家论"兴起，左联时期中国悄然出现"作家论"的研究热潮，将研究重心从作品本身转向作家主体，这也形成现代文学批评史上重要的批评现象，作家、作品、读者和文化生态成为刺激30年代"作家论"兴起的主要原因。具体而言：首先，30年代一批核心人物不遗余力地推动，如

---

① 黄展人主编，《文艺批评学》，暨南大学出版社，1990年，第201—213页。

茅盾、钱杏邨、沈从文、苏雪林等批评家，30年代便从事"作家论"研究与创作，为现代"作家论"批评的发展做出开创性的成绩，对后期"作家论"的成熟发展具有重要影响。沈从文和苏雪林任职于大学校园，教师作为一种身份归属，"文学批评"成为一种教授式的学院派的"批评"方式，一些"作家论"的内容是教师上课的内容，有明显学院派特色，评论的作家多是现时的作家。1927年11月，茅盾发表《鲁迅论》，被认为是"中国现代文学批评史上最早的一篇作家论"①。其次，出版业的繁荣发展，为"作家论"的发展提供了生存空间。20世纪30年代，各种文学报刊应运而生，出版社争相发表"作家论"。"1921—1927年，全国创办的各种类型期刊达500多种，超过了历史上各个时期出版主要期刊的总和。"②《中国现代出版史料》上记载，1936年，全国三日刊以上的杂志达1793种，出版业在这一时期可谓达到了盛极一时的状态。再次，读者对"作家论"的喜爱，市场效益刺激了文学消费活动的增加。20世纪30年代，一批作家迅速"火起来"，在文化救国的时代，全社会兴起一股崇拜"文化明星"的时代，作家在这一时代成为时代的明星，引发一批"粉丝"读者的热爱，如鲁迅、周作人、郭沫若、丁玲、郁达夫、冰心、茅盾等。源于对明星的热爱与崇拜，读者不仅大量阅读他们的作品，更希望获得他们的生活、情感、创作背后的"花絮"等幕后信息，因此很多批评家改变"就文论文"的习惯，"就文论人""由文及人"，由此刺激了"作家论"的大量产生。同时，教育的发展，学生的增多，学校教育的需要，教师的引导，市场的刺激共同刺激了文本的发生。"作家论"的创作群体中，高校任教的教

---

① 冯光廉著，《中国近百年文学体式流变史》，人民文学出版社，1999年，第582页。
② 李频著，《大众期刊运作》，中国大百科全书出版社，2003年，第190页。

授批评家是其主要构成部分。这一时期"作家论"批评热为20世纪80年代兴起的"作家论"发展提供借鉴经验和可供参照的批评范式，并引导"作家论"逐渐走向成熟。

《尚书·尧典》云："诗言志，歌永言"，这成为中国传统诗学的基本观念，如果说"诗言志"是诗歌评论的一种思路，那么"由文及人"则是分析人物（作家）的一种有效方法。林语堂说："我近来不看人文章，只看人的行径。所以我向来不劝人做文人，只要做人便是。"反之，由文及人，则是将文章作为评价作家的一种依据。刘勰认为"夫情动而言形，理发而文见，盖沿隐以至显，因内而符外者也"，即文学作品是作者感于物而以言辞形于外的结果，文学作品的语言风格正是作品外在形式个性特征的集中体现。由此，论"文"即论"人"，正如一篇优秀的文学批评的评价标准和核心任务是，批评家和作家间的心灵对话，是对作家内心深处秘密的探寻，是寻找作家被隐藏的"才能的本质"，清晰地描写作家的精神形象。

"作家是一种特殊的文化创造主体"①，作家在整个文学活动中扮演重要的角色。有研究者坦言，"对一个作家来说，生活本身、题材本身并不决定作品的优劣，决定作品优劣的东西应该是对生活的态度和对文学的理解"②，海德格尔认为"艺术家是作品的本源，作品是艺术家的本源"③。报告文学文体的"特殊"决定报告文学作家的"特殊"，对报告文学作家的集体关注与探索变得十分重要。T.巴克说："在小说里，人生是反映在人物的意识上，在报告文学里，人生却反映在报告者的意识

---

① 畅广元主编，《文学文化学》，辽宁人民出版社，2000年，第118页。
② 张平著，《我只能说真话》，解放军文艺出版社，2002年，第29页。
③ [德]海德格尔，孙周兴译，《林中路》，上海译文出版社，1997年，第1页。

上。"①基于此，章罗生曾积极推动"报告文学学"的建立，但基于种种理论研究现状匮乏，作者疾呼"有分量的作家论微乎其微"，呼吁"以'主体研究'为核心的报告文学'作家论'就是当今研究者不应忽视也不能忽视的当务之急，报告文学'作家论'本身应该放在第一位而首先加以重视的"。对报告文学作家群体的共性认识中，学界基本达成一致，即作为知识分子的写作方式，作者的历史意识、时代眼光、精神品格对报告文学产生深远的影响。

笔者查阅大量中外研究资料，"作家论"的研究现状属于个体散论式和编年体史著模式，较少从集群与共性视角下探究作家群体特征，发现报告文学作家群体的共性特征和集体问题。本篇"作家论"跳出单一作家传记式、编年体式的写作方式，从作家主体论、作家智能论、作家个性论、优秀报告文学作家个案介绍、新时代报告文学"出走"与"坚守"的选择差异、时代创作与范式转换等七部分内容，探索报告文学作家的个性与共性、主体性与客体性、实践性与历史性、传承性与发展性等特质，探究优秀报告文学作家个案以及在新时代报告文学作家面临新的文化生态、文化威胁、文化创新的背景下，报告文学作家的成长与文体的蜕变与创新。

---

① [法]T. 巴克著，张光松译，《基希及其报告文学》，见《中外作家论报告文学》，云南人民出版社，1985年。

第一章
作家主体论：作为创作者社会实践活动的事实表达

真实性是报告文学的本质特征。真实性，要求报告文学创作主体必须如实真切地反映社会现实生活。这种"生活"是创作者正在经历的和体验的生活，或宏观的社会生活，或微观的个人生活，或体验，或观察，都是作家正在经历的现实世界，是作家活在其中无法逃避的社会现实，并最终会转化为作家个体的内心的世界。正如报告文学作家赵瑜所言，"报告文学的选材要首先选择自己熟悉的领域"，所谓"熟悉"即创作者个人实践活动的真实表达，是基于人类生存活动与生存的事实表达。这种事实表达，基于作者个人的经历、体验、感受，同时也是文化的表现形态，是历史与现实文化的承载者与表达者。李炳银认为，报告文学作家的创作是作家个人社会人生经历的书写表达。报告文学作家不同于小说作家，总在自己熟悉的领域活动，报告文学作家面对的领域不是凝固不变的，是不断拓展、学习、实践、改变，从而不断涉入新的题材领域观察思考和文学表达的过程。报告文学作家叙述与表达的手法，基于作者个人的逻辑把握和审美倾向，是作者个人价值判断和价值选择的过程，在文学平台展示广阔的人生，将个人经历的人生升华为审美的形态。

基于此，本篇认为，报告文学的作家论，是基于创作者社会实践活动的事实表达，是作家们真实世界的"集合体"。文体的特殊性决定了创作主体的集体化表征，即再现真实、坚守真实、表达真实，这就需要对复杂的社会现象观察与体会、甄别与过滤、提炼与言说，实践性成为创作群体的共性特征。报告文学作家的个人实践经历与思考决定作品的深度与广度。报告文学尽管是作者在报告他人他事，但实质上是在报告"自我"。作家祖慰说："我报告了他，他报告了我。"范培松认为，这就是报告文学中的人和事被作者"自我"化，最后也成了作者"自我"化的人和事。

法国小说家法朗士曾言，"一切作品都是作家的自传"，即作品中含有创作者个人的影子，"个人性即社会性，个体遭遇的困难，看似主观层面的紧张或冲突，但反映的往往是社会世界深层的结构性矛盾"[1]。报告文学记录的历史是作者个人也参与其中的"历史"，报告文学反映的社会问题，是作者个人正在经历的"问题"，是创作者个人社会实践经历的"他者化"真实叙述与文学表达。从文学本体而言，报告文学是近代写实文学观的一种积极的实践，是作者个体经历的社会实践的真实表达，这也是报告文学真实性的基础。报告文学以作家个体经历为基础，但不拘泥于个体经历，是对创作者个体经验的真实书写，"忠于历史"即"忠于自我"。

---

[1] [法]皮埃尔·布迪厄著，李猛、李康译，《实践与反思——反思社会学导引》，中央编译出版社，2004年，第265—278页。

第一节　生存视域：作家真实反映社会实践的过程

　　文学是人学，文学反映人生整个过程，表达情感、宣泄压抑、表现需求、记录人生，文学是人生存体验的艺术表述。报告文学是文学的一种，真实地表达人类的情感，记录社会事件，转达公共需求，首先是对人类生存视域的关注。作家以个人的社会体验和观察为基础，写出人类生存视域中的社会公共事件，本身是一种基于"生存"，为了更好"生存"的真实表达。

　　报告文学是"文化生态结构中的独特景观"（丁晓原），这种独特性的特质首先来源于文体的"非虚构性"。正如郭小川所言，我们应该把这一关闸死：报告文学必须完全真实。"报告文学的生命线是真实，无可置疑的真实"（李朝全），对报告文学的评判标准首先是对真实性的坚守。文体的"真实性"决定报告文学成为文学样式中的独特存在，也导致其发展的曲折性和在中国文学发展史中"被轻视""被遗忘""被边缘化"的历史命运。基希称报告文学是"一种危险的文学样式"，与中国传统文学中诗歌、小说等发展截然不同，以"报告"为内容，以"文学"为手段，再现真实的现实世界。

　　历史视域下，报告文学对真实性的坚守是基于其发展的历史。报告文学是近代报纸业发展的产物，川口浩在《报告文学论》中说："报告文学新闻学的名称，这种文学形式以前没有，是近代工业社会的产物。印刷术发达之后，一切文书都用活版印刷的形式传播，即报告文学。"新闻性是报告文学具备的第一个特质。报告文学由欧洲传入中国，20世纪30年代出现"报告文学"这一名称。1930年2月10日出版的《拓荒者》杂志第1卷第2

期发表的日本作家川口浩的《德国的新兴文学》第一次提到基希创立了"列波尔达知埃"（德语音译，即报告文学），1930年3月1日出版的《大众文艺》第2卷第3期发表的日本作家中野重治的《德国新兴文学》中说基希是"报告文学的元祖"，正式使用了"报告文学"这个名称。

　　报告文学脱胎于报纸，离开了建立在印刷基础上的近代报纸，具有及时广泛传播性特质的报告文学是不可能出现的。报告文学是近代社会的产物，日本评论家川口浩说："报告文学这种文学形式当然不是从前就有。这，始终是近代的工业社会的产物。印刷发达之后，一切文书都用活版印刷的形态传播，在此，才产生了近代的散文即一般叫作Feuilleton的形式，Reportage（报告文学——引者）就是这种形式的兄弟。"① 茅盾说："'报告'是我们这匆忙而多变化的时代所产生的特殊的文学式样，读者大众急不可耐地要求知道生活在昨天所起的变化，作家迫切地要将社会上最新发生的现象解剖给读者大众看，刊物要有敏锐的时代感——这都是由报告所产生而且风靡的根本原因。"② 客观而简单的事实陈述很难满足人们对社会深入了解的愿望，希望看到更详细、深入、细致、生动的社会现实，于是在新闻基础上的文学样式便应运而生，报告文学便从新闻报道中脱胎而出，逐渐发展演变为一种崭新的文学样式。

　　"报告文学正式定名是在20世纪初的德国，我国早在30年代就确立了它的地位，但是真正把它作为独立的文学部类则是80年代以后的事情。"③ 在中国还没有"报告文学"这个文体

---

① [日]川口浩著，沈瑞先译，《报告文学论》，载《北斗》，第2卷第1期，1932年1月。
② 茅盾著，《关于"报告文学"》，载《中流》，第1卷第11期，1937年2月20日。
③ 任文贵著，《报告文学写作论稿》，民族出版社，1999年，第6页。

名称时，瞿秋白的《饿乡纪程》(1923年)、《赤都心史》(1924年)算是中国最早出版的报告文学作品。同一时期，叶圣陶、茅盾、郑振铎、朱自清、郭沫若、陆定一等相继发表了有关事件和社会题材的报告文学作品。1930年8月4日，中国正式确认报告文学的名称，左联执委会通过《无产阶级文学运动新的情势及我们的任务》决议："从猛烈的阶级斗争当中，自兵战的罢工斗争当中，如火如荼的乡村斗争当中，经过平民夜校，经过工厂小报、壁报，经过种种煽动宣传的工作改造我们的报告文学（Reportage）吧！"1931年11月，左联执委会通过的《中国无产阶级革命文学的新任务》决议，再次确认了报告文学的文体概念。至此，报告文学确立了它的地位，在中国成为一种富有生命力的新兴文学样式。报告文学的内容必须是真实的、现实的、新鲜的，其目的在于展现人物的精神风貌，或揭示事件的社会意义，或表达对问题的认识。报告文学坚守报告的特质，以文学的手法表现生活，描述典型人物，揭示新鲜问题，为读者提供艺术审美类的精神文化产品，直接或间接表达作者对社会、文化发展的见解与评价。正像徐迟先生所说，报告文学作家的工作很像新闻记者的工作，"他们追踪的是事实，事实，事实。从事实中，人们的心灵被反映了，生活的脉搏跳动了，时代的精神闪耀了"。①正因为如此，报告文学才成为时代的感应神经和战斗的轻骑兵。

中国早期办报人在"通上下之情""彰清议"办报思想的引领下，向两种方向发展，一类是抨击时政的政治类文章，作为参与政治的工具，为办报人的政治意愿表达提供媒介表达的空间；

---

① 徐迟，《一些速记下来的思想》，载《文艺报》，1963年4月号。

另一类是了解民情、反映民意的记事性文章，满足读者深入了解社会现实的意愿，详尽、具体、生动地报道社会新闻、民间逸事以满足读者的好奇心和阅读期待，是报纸的主要任务。现代报刊的出现，为适应广泛传播的需要，有影响的报纸注意采用通讯体裁来详细报道重大政治事件和社会动态，也为了便于作者更充分表达自己思想感情的需要，已开始突破原有新闻体裁的格局，向其他文体，特别是向文学领域汲取养料。运用文学手段表现新闻题材的新型文体，便逐渐孕育于新闻母体之中了，作家借助传媒发表作品，文学创作从个人行为转为传播媒介。最初三十年，我国的报告文学在不断发展，不断壮大，既发扬了新闻性的优势，又不断增强文学色彩，增强可信性、审美性，报告文学趋于成熟。

1963年，中国作家协会联合《人民日报》召开了报告文学座谈会，并印发了座谈会纪要，充分肯定了报告文学发展的大好形势，也强调了报告文学的时代责任和题材范围以及队伍建设，同时还进一步明确维护报告文学的真实性原则和对真人真事的处理要求，对报告文学进行了正名。许多作家和理论家撰写了报告文学采写经验和理论的文章，如郭小川的《有关报告文学的几个问题》，这些理论文章对报告文学的健康发展起到推动作用。

十一届三中全会之后，随着改革开放的深入，中国发生翻天覆地的变化，改革开放为报告文学提供了丰富多彩的题材，报告文学迅速崛起形成独立的文体品格，并于变革之中创造了辉煌的成就。这个时期的报告文学作家和着中国改革的步伐，迅速敏捷地直接参与改革大计，积极反映改革的历史进程和改革中出现的问题、社会发展的弊端，表现视野更加开阔，题材更加开拓，参与现实生活的自觉性更加强烈，报告文学成为战斗的轻骑兵、社会生活的先遣队。首先，报告文学作家们宏观地反映社会现实，改革题材成为报告文学的主流，《中国农民大趋势》《百万大裁军》《励精图治》等作品相继问世，展示了改革开放的光辉前景，为改革开放起到了推波助澜的作用。其次，报告文学作家关注微观的社会生活、社会问题，作家目光所及的、个人正在经历和感受的也成为报告文学的题材，如《中国的"小皇帝"》《西部在移民》《以人民的名义》等，为改革开放的深入发展奏出了先声。

报告文学的题材宏观而广阔，涉及社会生活的方方面面，从20世纪30年代革命运动的发展刺激报告文学的兴盛，新中国成立初期报告文学发展历经的"两次高潮"到80年代改革刺激报告文学达到鼎盛，报告文学无一不是对社会实践的真实记录，始终和着时代的节拍，与国家同命运，与社会同发展。

真实性是报告文学的生命，如何坚守真实、表达真实，这对报告文学创作者提出了客观的要求。报告文学作家们真实地书写、客观地记录、公正地表达，最大限度地还原现实与历史。首先，创作者"真实"意识和"真实"定位是报告文学作品真实的前提和基础。报告文学的真实，强调作家必须尊重事实的真实；报告文学的真实，始终跳动着作家真实的"自我意识"。巴赫曾说："小说里的人生是反映在人物的意识上，报告文学里的人生却是反映在报告者的意识上。"报告文学的思想性是作者对真实生活的认识及反映，是对人生感受的体现，创作者始终处于主导地位。真实性，要求报告文学作家必须直面现实，带着义不容辞的社会责任感投身于社会洪流之中，在对现实生活的参与中贯注自己丰盈的人生关怀精神。每一个优秀报告文学作品的诞生，就是作者对生活、社会一次有力的参与，它体现作家的良知。这一点，是其他文学题材所不具备的。报告文学无疑是最为贴近现实、贴近人生的，这也算最重要的文体精神。丁晓原说："报告文学作为显示的报告，它的价值生成的前提是在于写作主体必须禀具社会关怀的情结，突出生活前沿的品格。"[①]

报告文学的创作是一个创造特殊精神产品的劳动过程，创作主体的劳动直接影响着报告文学的价值生成。主体的意识、知识、情感、实践经验、生活认识能力、价值判断、艺术感觉、艺术发现能力、艺术想象力与艺术表现能力决定了作品能给读者提供多少有效的信息，从而影响读者，实现对社会的间接影响。报告文学价值的大小，实际是指报告主体对报告对象进行有目的的反映与审美创造时，所物化在作品中的体现着报告主体的知识、情感和意志的社会劳动量的大小与劳动成果的优劣。报告文学作品的优劣直接体现创作群体的主体性和主体意识。

其次，报告文学作家判断"真实"的能力直接关系报告文学作品的"真实性"品质高低。审美价值是文学社会作用的基础，决定文学的教育和娱乐价值，审美价值的缺失使文学丧失了基本的"美感"。真实性是报告文学的生命，战斗力和感召力的源泉，也是评价作品审美价值和社会价值最基本的元素。作品中的人物、事件、时空关系以及人物语言、关键细节等，都应真实有据。报告文学是社会的"镜像"，应如实记录这一时期社会发展的真实面貌，任何对真实的掩盖都是对历史的漠视。违背真实性的原则导致文学审美价值缺失，最终也使作品丧失了社会感召力而被时代遗忘。

法国美学家罗丹说："只有反映了真实，才获得这种真实

---

① 丁晓原，《边缘化时代的精神缺损》，载《报告文学》，2001年第4期，第109—112页。

性。"对真实的表现程度如何，是决定真实性强弱的标志。真实是繁杂无章的，报告文学的真实不是流水线式的记录，而是创作主体主动、积极、能动地掌握着社会资讯，把握着时代的脉搏和人类精神的动向，在掌握生活的材料后去粗取精、去伪存真，对事实进行梳理、整合。让读者从作品提供的大量事实中准确地得出概念、结论、判断，也是报告文学的立身之本。面对无法穷尽的社会现实，选择何种题材进行深入报道，敏锐地判断出报告价值的大小，这取决于主体视角是否开阔，创作者自身的思想驾驭能力、独特的价值判断能力与综合素质。

报告文学虽然是一种真实直接反映客观现象的文学样式，但也必然会融进作家的认知判断和情感审美，是创作者"自我"生活实践的一种文学表达。王蒙在论创作主体时说："文学并不仅仅是记录，也不是去捡拾雨后的蘑菇。文学艺术是创作主体的心智的伟大创造。正是作家、艺术家的心灵和智慧，赋予了日常生活、日常经验与体验以崭新的艺术生命。没有创作主体的作用，就没有艺术的灵魂。"① 报告文学作家看待生活的独有视角，通过叙述所表现出来的真实，它与作家的生活阅历、才气禀赋、知识结构以及主观真诚等因素息息相关。报告文学作家一个人敏锐的观察和细致的挖掘，将所思所感记录下来，真人真事催生真情实感，作者以叙述者"我"的身份为基础，通过现象真实凸显深层次的本质真实，达到对人性和生活本质规律的展示。这是一种非外在、非表象的真实，是对生活表层之流进行艺术加工和审美关照之后呈现出来的本真特质。正是如此，报告文学将贴近人们生活的表层现象真实地展现，通过文本记录现实，剥离层层要

---

① 王蒙著，《也说主体》，见《王蒙文集》第6卷，华艺出版社，1993年，第231页。

素，将生活的本质呈现出来。

同一时期对同一题材的深入分析，对"真实性"品质的把握决定报告文学作品的生命力。1988年，《人民日报》联合百家文学期刊联合推出"中国潮"报告文学征文活动，体育题材类报告文学，尹卫星的《中国体育界》获一等奖，赵瑜《强国梦》获二等奖，并称"中国两大体育写手"。卢元镇称"《中国体育界》和《强国梦》前者是缺德派，后者是歌德派，一负一正，珠联璧合，恰可以看出中国体育的全貌"①。两部作品在内容和观点上存在相辅相成的同质性和相反相成的异质性。"当尹卫星和赵瑜同时对中国体育问题发生兴趣时，他们实际上已经面临着一种危机，这种不谋而合的选择导致作品许多地方的相似性。"②将中国体育放在世界体育文化的大系统中进行考察，将发达国家作为参照系反思我国体育的落后，文本内容均涉及"金牌""兴奋剂""文化及体制"等典型问题。但尹卫星的《中国体育界》全盘否定兴奋剂的存在，甚至强调中国运动员连基本的营养常识也缺乏，其目的是对比强调中国的每一块金牌的"含金量"，肯定了运动员精神的决定性作用。这是对"兴奋剂"存在的默许，对用人的健康换取金牌手段的肯定。在后期采访时，创作者尹卫星表示当时也处在一种痛苦的矛盾中，犹豫很久决定回避了这一问题，"不是所有的内幕和丑恶都可以用文学作品来揭露的，你也很难揭露。这里面有一个国家利益问题，你若捅出去，很可能会给国家带来灾难，军事法庭也许还会判你死刑，那只能活该了，临死的时候，你还得背一个卖国的罪名"③。《中国体育界》

---

① 卢元镇著，《我与赵瑜的一段"公案"》，载《体育博览》，1989年，第05期。
② 谢泳著，《社会问题报告文学的终结潮》，载《批评家》，1988年，第06期。
③ 安东著，《汉城归来》，文化艺术出版社，1990年，第55页。

对"兴奋剂"的隐藏违背真实性原则，让整部作品的艺术渲染力"大打折扣"，审美价值的缺失也让作品的社会价值大大降低。赵瑜的《强国梦》则直指并严厉批判"兴奋剂"问题，创作者用自己的亲身经历"现身说法"，以此为依据呼吁社会及群众的反思，批判"兴奋剂"的使用使体育沦丧了"游戏"的特质，异化成漠视人性和文化内容的机械的运动，是最早呼吁中国体育进行深入改革的谏言。真实性的特质决定了赵瑜的《强国梦》成为最优秀的体育报告文学，《强国梦》在内容和观点上都体现了强烈的社会前瞻性、群众性。《强国梦》"在对体育的一片颂扬声中，在体育凯歌高奏之时，以敢为天下先的勇气，发出体育必须改革的有力呐喊"，《中华人民共和国体育史（1949—1988）综合卷》专门开辟一章将《强国梦》纳入讨论。

再次，报告文学作家把握"真实"规律的能力。真实是客观的、繁杂的、多样的、善变的，对"真实"把握的能力也是报告文学作家对社会现实的把握能力，这要求报告文学作家首先是冷静、理性的思考者；其次要能用真实的主观反映社会现实的客观真实；最后，要求报告文学作家把握事实的真实和本质的真实的统一。事实的真实，即缩写的人和事确凿无疑，没有任何出入，责任心强的报告文学创作者不遗余力地追求事实的真实，这些仅是表象的"真实"。报告文学追求生活本质的真实，体现时代精神的真实，事实的真实是通过对生活的真实描写而揭示出来的内涵在现实中的矛盾的本质与生活历史的发展规律。报告文学的真实不能是自然主义的、有闻必录的照相似的真实，它"必须就历史的观点来说十分真实，是代表我们时代的真实的事实"①。报

---

① 徐迟，《一些速记下来的思想》，载《文艺报》，1963年4月号。

告文学的真实，是生活的真实和艺术真实的统一。生活的真实，指艺术生活本身的客观实在性，它是艺术表现的客观对象。艺术的真实，是作者借助一定的艺术手段，以形象思维的方式所反映的生活真实。从生活的真实到艺术的真实，是经过集中、概括后所达到的神形相似，不能要求它与生活中的一切全部一样。报告文学创作者，要使自己的作品获得艺术的真实性，就必须按照生活的本来面目去形象地反映真实生活，真实地反映生活的本质和生活的规律性。报告文学的真实是经过报告文学作家概括后的"真实"，使我们看到从生活真实中不易看到的本质。鲁迅说："宝贵的文字，是用生命的一部分，或全部换来的东西，非身经战斗的战士，不能写出。"新闻是要求报道客观发生的事实，报告文学要求的是作家在客观发生的事实面前的符合文明规则的态度。报告文学对是非的评判就是作家自己理性表达的具体体现。列夫·托尔斯泰说："文学作品中，读者最值得珍贵的，就是作者对生活所持的态度。"只有充分发挥报告文学创作者的主体性，让创作者充分表达个人实践经历的感受，赋予那些真人实事的日常生活、日常经验与体验的艺术生命，才能使报告文学获得永恒的艺术魅力。

　　从纷繁复杂的生活真实到客观唯一的本质真实，这对报告文学创作者提出极高的要求，要求作者用正确的立场、观点、方法对客观存在的事实进行去粗取精、去伪存真、由此及彼、由表及里的改造，选取那些典型的、能揭示本质的、反映时代精神的真实事实，加以提炼、开掘、改造，然后综合到一个具体形象上来，用艺术手段再现，从而揭示生活的本质。

第二节 审美视域：作家深入体察社会的过程

文学与一般文化的差异在于审美属性差异，文学审美形态以语言为外壳，饱含作者丰富的情感，以特定的艺术形象呈现另一个完整的艺术整体世界，蕴藏着无限的意味。文学的情感性是文学具有巨大魅力的原因，贯穿于文学活动始终，表现为作家创作出的艺术形象饱含着作者个人的情感并由此而富于艺术的感染力。文学的审美属性还表现为它的精神的超越性，也是衡量文学审美的重要维度，超越"现实"的精神追求，审美趣味与审美感受，是作家个人据此予以批判社会陈腐的通道，追求超脱物质欲望束缚的枷锁。报告文学的审美性则表现为，文学性对报告性的"修饰"，理想性对现实性的"憧憬"，精神追求对现实欲望的"冲淡"，是作家对社会现实深切感受和切实把握的基础上实现的。

"文学是社会的表现"（博德纳），成为讨论文学与社会关系的起点。文学是一种社会性实践活动，处理文学与社会关系最常见的办法就是把文学作品当作社会文献或社会现实的写照。报告文学建构在长期深入的调查基础之上，客观记录社会实践的发生、发展过程，书写比新闻事实更加深入、全面的事实真相，是文学领域的深度调查报告。报告文学作为社会事件、集体（个人）经历和历史文本都是重塑历史认知的路径，凝聚中国报告文学艺术探索历程和社会发展历程。

报告文学是时代信息的传播者，也是时代观念的弘扬者。新时期以来，报告文学受到社会瞩目，甚至不断引起"轰动效应"的一个重要因素，就是在作品不仅向人们展现出瞬息万变的生活画面，而且传达出作者对生活的深刻思考和科学解释。优秀的报告文学作品要不断拓展反映生活的深度和广度，记录时代风云。在积极反映客观生活变革的同时，作家积极调整自己的主观世界，并力求以新的思想观念和新的思维方式去把握生活，通过各种方式强化评价生活的思想力度。新时期以来，报告文学作家逐渐摆脱固有的报告观念和思维模式，立体地观照生活，揭示出思想的时代感和历史深度，撞击时代生活，叩动人们的心灵。

报告文学文体具有深刻的社会性，体现在几个方面：首先，报告文学的"报告性"揭示其反映广阔的社会现实的功能。周立波说"报告文学的写作间是整个社会"，报告文学的题材来自社会，是社会发展的必然产物；关注社会生活，揭示社会问题；反馈于社会，具有强烈的社会功能。新闻既具有快速反映事实的特点，又具有反馈社会的优势，于是，最初的报告文学便接受新闻母体的基因而问世，继承了新闻的新闻性和社会性。报告文学从问世之初起，社会使命感便非常明确、强烈，就以"轻骑兵"的姿态介入生活，迅速快捷地反映社会生活的重要事件、重大变革，揭示社会的热点和焦点问题，参与社会生活，干预社会生活。报告文学的社会性又以文学性为依托，这也是应当明确的问题。

其次，报告文学的社会功能得以发挥，是借助文学手段，通过活生生的艺术形象而实现的。报告文学社会性得以发挥借助于典型的取材和生动的文学表达，更是作者直接或间接地表达评价、分析和感情的场所。报告文学的社会性特点是由题材决定的，但关键的因素是作者。只有作者有强烈的社会参与意识，关注社会发展，深入社会生活，才能敏锐地发现问题，并能站在社会发展的高度对问题有清醒的认识，把握时代脉搏，针对社会热点、矛盾焦点选择题材，作品才必然具有社会性。作家们通过作品所揭示的社会意义,是通过用文学手法所描绘和刻画的典型艺术形象体现出来的,深入生活、深入社会是基础,发现问题是前提,用社会发展的眼光审视、分析问题是关键。报告文学的题材来自生活,来自社会,作者只有深入生活,深入社会,才能有所发现,才能捕捉到材料,才有写作的内容。生活是"源",作品是"流",没有在生活中占有材料就不会有报告文学的写作。

再次,报告文学能不能反映社会事件,揭示典型、深刻的社会问题,取决于作家是否有强烈的社会参与意识,思想是否具有穿透力。报告文学能否深刻的反映社会问题取决于创作者是否深入社会、深入体察生活,并且具有深刻的社会思想。黄宗英说:"报告文学植根于现实生活的土壤中,写的大多是正在萌生着、进行着的活的人和事。这就要求作家时刻(是的,时刻,时时刻刻!作家的大脑没有上下班的时间概念。虽然'休止符'是需要的——是总的思维旋律的组成部分)去敏锐地体会、观察、捕捉、探索现实生活所发生的一切。"这就需要培养和提高作家的社会意识,使其关心社会命运、关注社会发展、积极参与社会生活,这样才可能有震撼读者的作品问世。

一个作者要想写出充满感情的作品,首先必须使自己动情,使全身的血液都为之沸腾。报告文学反映深刻的社会问题,作者必须深刻地深入生活,体验、观察、感受社会,有深刻的社会意识并深入地了解社会。理由说报告文学的创作是"六分跑,三分想,一分写",他所说的"跑"就是深入生活,深入社会,只有多跑、善跑,才能发现社会问题,才能"跑"到材料,才能取得写作的主动权。发现问题是采集材料和认识其意义以及使作品具有社会性的前提。在深入生活、深入社会中固然要采集材料,但发现问题更为重要。问题是入门的向导,只有发现了问题,采集材料才有目标，才能确定采访的对象，明确采集材料的重点，认识其社会意义的采写才有针对性，写出的作品才具有社会性。发现问题要首先关注社会，有社会参与意识，目光要敏锐，思维要敏捷，并且要站在社会发展的高度，从比较中捕捉社会发展中的焦点、难点和重点问题。

最后，报告文学的社会价值，与作家既定的社会文化结构、社会心理态势、社会情感同构。报告文学是"对事实的报告"①，即"将生活中发生的某一事件立即报告读者大众"②。这就是说报告文学的写作内容是"事实""事件"，是杂乱无序的社会现实或社会事件，将事实以逻辑的、发人深省的方式呈现和陈述，是以创作者的思想支配为基础实现的，创作主体在其中发挥主导作用，这种主导作用表现创作主体的认识、逻辑、思想、情感。报告文学创作者始终发挥决定作用，作者的认识能力、思想水平、观念形态、感情色彩总会自觉不自觉地指导和制约对"事实"所蕴含实在意义的认识、发现和把握，并且渗透其中，有所表现。创作者的思想水平、观念和感情则决定对现实意义挖掘的深浅程度。

报告文学的社会价值大小和题材密切相关，要获得读者的青睐，就要紧密联系读者关注的政治生活、经济生活、文化生活和读者的审美视线。作家要善于选择合适的题材，在现实生活中有典型意义的、有社会人生价值的题材。作者应站在时代的前沿，选取那些富有时代精神、能反映生活本质的生活题材。大的题材可以表现重大的社会主题，而小的题材如果能进行深入的艺术发

---

① 阿英著，《从上海事变说到报告文学》，见《阿英文集》，生活·读书·新知三联书店，1981年，第84—87页。
② 茅盾著，《关于"报告文学"》，载《中流》，第1卷第11期，1937年2月20日。

掘，同样能以小见大，表现有深刻意义的主题。所以，一篇报告文学价值的大小，并不在于所选题材的大小，而在于创作者如何去表现它。作家在繁杂多元的信息中探寻变革时期的民族心态，在对历史的反思中探寻对现实的认知，在宏观态势的把握中探寻社会发展的趋势。

报告文学既是文学，也是报告。作为文学，它要用形象化的文学手法再现典型，反映生活，给读者造成如见其人、如临其境的感觉；作为报告，则要向读者告知事实，说明意义，给予理性启迪，拉近被写对象、作者与读者之间的距离。正如T.巴克所说：报告文学的"创作必须是真实而且具体的。他必须在理论上和情感上说服读者"①。这充分说明报告文学具有学术研究的深刻性，它不仅是刻画形象，更重要的还在于揭示一定的意义，把作者对所写内容的评价、分析告诉读者。苏联作家波列伏依说："短篇小说作家用艺术形象，用情节的发展来表达自己对所描写的事件的态度，以影响读者的感情，引导他来了解作品的思想。特写作家则多半对所描写的事件给个直接的评价，用议论、事实材料和数字材料，力求说服读者，政论式的揭示特写的思想，着重指出这思想的意义。"②

文学创作是艺术家个体的精神生产活动，是表现与再现的统一。文学创作的基础，对象和本源，都只能是社会生活。文学创作根植于一定时代的社会生活中，同时又依存于文学的自身传统。报告文学是作家借助社会生活中真实的事实的文学表达，报告文学的社会性就来得比诗歌、小说等文学形式更加直接和

---

① [法]T.巴克著，张光松译，《基希及其报告文学》，见《中外作家论报告文学》，云南人民出版社，1985年。
② [苏]波列伏依著，郑泽译，《论报纸的特写》，新文艺出版社，1954年。

充分。

在报告文学的社会关注热潮中可以透现出人们对现实生活的关注，报告文学作家自己也在人群中紧密关注社会现实。朱子南说："他们发现这一以剖析社会为文本要求的报告文学确是承载与传递自己对社会的认识与思考的文学样式，又改变它过去相当长一个时期的单向思维、单一视角的自我局限，而使之走向多维的表现社会、表现人生的道路。"[①]历史与现实，现状与趋势，社会与人生，心态与行为，发展与制约，都要求报告文学不但要贴近社会生活，而且要参与社会生活。报告文学在价值取向上趋于社会化，文学的社会化与社会化的文学成了报告文学作家追求的目标，作家的主体意识得到强化，报告文学呈现出新的面貌。报告文学观念的转移与演进，是完全适应社会要求的，由展示单个人的内心世界、着重写人的命运史与心灵史，转而瞩目于从宏观上来考察社会、把握现实。过去的以单个人、单一事件为报告内容的作品虽然也折射社会生活，但是对生活的间接反映，而现在宏观意识指导下创作的作品具有了直接反映社会的品格。作家知识构成的特征在于：社会生活是一切文学艺术的源泉，个人生活经历是作家知识的主体，作家的个人经历和社会人生经验、感受，使他对生活有丰富的情感，最终成就他为大作家。巴金总结五十年的文学创作经验说："我的一位主要老师是生活，中国社会生活。我在生活中的感受使我成为作家。"作家创作的起点是通过描写自己对生活的感受去反映现实，表现社会和人生。每一位大作家，都是带着丰富而独特的生活经历和经验走上文坛的，这是报告文学作家知识构成的基础。

---

① 朱子南著，《中国报告文学史》，百花洲文艺出版社，1995年，第1056页。

报告文学是作者"文艺实践和社会实践的结合体"①。社会实践即作者个人的知识与情感、实践经验、生活认识能力、价值判断能力、社会经历与现实观察；文艺实践指作者进行文学创作时的艺术感觉、艺术发现能力、艺术表达能力，可以从报告文学的题材、形象塑造与信息整合具体表现。

创作者的独特经历是报告文学文本产生的主体依据。文学作品的内容是作品所描写的、渗透了作家思想感情的社会生活。现实生活为文学提供素材，作家思想意识赋予作品深刻的思想内涵。报告文学作家的社会经验与生活经历是实现报告文学理性的基础，在创作的过程中坚持现实批判精神、历史反思精神、文化启蒙精神和哲理思辨精神。模仿说是西方最古老的文学理论，赫拉克利特、苏格拉底、柏拉图、亚里士多德等认为，文学是现实世界的反映，作品是对世界的模仿或再现，强调世界与作品的对应关系。"一个作家无法离开他生活的土地，他最好的作品，一定和这片土地息息相关。"②报告文学的真实性与理性，使其具有社会学的属性。皮埃尔·布迪厄认为，社会学家的工作与作家和小说家颇为类似——为人们提供各种经验的途径，并阐释经验以普遍共享。文学和社会学的关系在于社会学家可以通过记录和分析发现研究的线索和研究的取向，社会学家通过分析和记录阐明那些产生文学效果的话语。报告文学建构在长期深入的调查基础之上，客观记录社会实践的发生发展过程，书写比新闻事实更加深入、全面的历史真相，是文学领域的深度调查报告。布迪厄认为"个人性即社会性，最具个人性的也就是最非个人性的。个体遭遇的困难，看似主观层面的紧张或冲突，但反映的往往是社

---

① 欧阳山,《论中国报告文学》,载《救亡日报》,1938年7月28日。
② 朱竞,《赵瑜访谈实录——独立调查启示录》,载《长治日报》,2014年06月16日。

会世界深层的结构性矛盾"①。社会学实践本身在一定程度上是以个人的社会实践为对象的社会学产物，将自身的社会实践作为研究对象。②

　　文学创作是一种创造性的精神劳动。就是在最客观写实的作品中，都潜浸着作家对生活的独特感受、独特观察和独特发现，体现着作家的创造性。文学创作是按照审美这一最基本的尺度进行生产的活动，它反映生活，却是按照主体的意识、观念、审美需要来反映的；它揭示生活的本质和规律，却是按照主体的价值尺度和审美理想，来对生活进行把握和认识的。因而文学创作最充分、最完满地展示人的主体性，而作为创作主体的作家，其性格特征、价值观念、人生追求在这一领域内得到尤为鲜明、自由的体现。报告文学的真实性要求从主体出发去观察生活、采集原型、塑造形象，在再现生活的同时表现自我。作家的主体性还在文学创作中表现为丰富独特的艺术个性。作家总是从个体的特殊经验、审美眼光，以自身独创性的艺术表现塑造人物形象、创造艺术意境的。作家从主体出发对生活独特的审美观照，独具匠心的描写、表现、叙述方式和语言风格，以及作家个人的性格、气质的不同是导致艺术形象多样化的主导因素。

第三节　文化视域：作为知识分子担当的历史过程

　　报告文学文体品格的养成，如真实性、批判性、文学性，是

---

① [法]皮埃尔·布迪厄著，李猛、李康译，《实践与反思——反思社会学导引》，中央编译出版社，2004年，第265—278页。
② 刘叶郁，《赵瑜体育报告文学对体育发展的意义探寻》，学位论文，上海体育学院，2018年。

近百年来中国报告文学作家持续"守护"的过程,几代中国报告文学作家以知识分子的文化品格坚持守护。知识分子的文化品格,如独立性、理性、批判性、公共性、勇于担当、大胆求真的品质,是中国知识分子共同具备的特质。知识分子的文化品格是在中国历史文化视域中形成的。基希将报告文学命名为"一个危险的文学体裁,艺术地揭发罪恶的文告","报告文学家的作品,不仅对于世界的剥削者来说,即对于作家自身,也是一种容易致危险的东西"①。

丁晓原认为,报告文学是知识分子的一种写作方式,作者的精神品格、话语方式对报告文学产生深远的影响。作为知识分子的写作方式,首先是在特殊的历史时期给知识分子提供了参与现实的表达方式。其次,知识分子透过报告文学真实地报告现实生活场景,思考现实生活,以开启民智,这成为这一文体的"历史使命"。

报告文学需要作家具备知识分子的担当品格,这是因为当历史顺利向前发展时,报告文学作家切实地关注历史、关注现实、记录现实;当历史曲折向前发展、违背社会发展规律和人民意愿时,报告文学作家关切现实、批判现实。无论何种情况,都要求作家敢于记录历史、承担历史、关切历史。苏联著名的特写作家波列伏依也指出:"不仅是小品文作家,我们特写作家也同样能够,而且应当在报纸上揭发一切落后、保守、发了霉的、从昨天带到我们光辉灿烂的今天的东西。"

中国古代知识分子被称为"士",民间称为"读书人"。现代"知识分子"是一个舶来词,"知识分子是一个国家、一个民族

---

① [捷克]基希著,贾植芳译,《一种危险的文学样式》,见《论报告文学》,泥土社,1953年,第7页。

的良心"①。知识分子有强烈的对思想文化的渴望，高扬的科学与民主的精神，知识分子的身份和地位，决定了精英文化在权力再现关系中与国家意识形态构成复杂的关系。知识分子或者是和主流文化主张一致，向权力中心靠拢，被国家制度化成为国家文化的组成部分；或是和主流文化相悖，持民间、大众、自由的立场，凭借自身"文化资本"与主流文化对抗成为质疑者和批判者。知识分子具有特定的精神文化品格。

知识分子的精神文化品格，首先，知识分子必须具备公共性、社会性。知识分子的目标是要成为引领公众的思想家，正如余英时曾说："所谓知识分子，除了献身于专业工作以外，同时还必须深切地关怀着国家、社会，以至世界上一切有关公共利害之事，而这种关怀又必须是超越个人的私利之上的。所以有人指出，'知识分子'事实上具有一种宗教承当的精神。"②其次，知识分子必须具有独立性、批判性。知识分子要"敢怒敢言"，敢怒，是对社会现实深入观察后的不满与失望，是对改变社会现实的迫切愿望，因为不满而抗争，即知识分子要"敢言"，知识分子作为人类普遍精神的代言人，他必须是独立自主的，有自己的见解，有表达的勇气，有面对"黑恶势力"抗争的思想准备，有守护人类普遍价值的担当。美国《时代》杂志在1965年5月21日载文诠释知识分子的含义："第一，一个知识分子不只是一个读书多的人，一个知识分子的心灵必须有独立精神和原创能力……第二，知识分子必须是所在的社会之批评者，也就是现有价值的反对者。"③报告文学的批判性，成就了报告文学20世纪80年代

---

① 朱子南著，《报告文学作家的报告》，南京出版社，1990年，第178页。
② 余英时著，《士与中国文化·自序》，上海人民出版社，1987年，第5页。
③ 范伯群、朱栋霖著，《1898—1949中外文学比较史》，江苏教育出版社，1993年，第94页。

蔚为大观的重要因素，是报告文学独立品格的基础。报告文学的批判性，是基于80年代报告文学作家们高扬的重知识分子理性、批判精神，敢于承担的历史文化品格。

报告文学的批判性是所有文体中最直接、最强烈的，这也使报告文学更能迅速地反映社会现实与生活，更及时地干预社会现实，对社会现状做出直接的反馈，担当起惩恶扬善与遵从真理的社会功能的原因。报告文学并不是一味地批判社会现实，因为社会发展也有曲折，有前进有后退，有正确有错误，也会在社会发展顺利时，遵从社会价值取向时，歌颂真善美。但是，报告文学特质更多是"批判性"的坚守，报告文学作家以强烈的忧患意识、担当意识参与社会生活，知识分子的意志品格、社会责任感、使命感督促其以天下为己任，批判一切不利于社会进步的假恶丑现象，促进社会良性运转。基于此，报告文学不再作为散文的附庸，而是自立门户成为独立的文学式样。

社会发展需要"纠偏"，报告文学的批判性使其具有纠偏的功能，因此，社会发展需要报告文学。社会性和批判性紧密相连，历史总是曲折地向前发展，但报告文学的批判性在实践中却需要报告文学作家的担当与使命精神。著名的报告文学作家基希认为："在自由被压抑而暴政肆虐的国土上"，在"文学方面流行着多情善感的晦涩风格"的时候，"报告文学就是要揭露劳动和生活方式的真相"。报告文学是知识分子自我实现的方式之一，因此知识分子和报告文学在社会性的基础之上完成了"双向选择"，作家以社会批判为重要价值取向，以人类基本价值守护为使命，以人文关怀和启蒙性为基本职志。这些，契合了知识分子内在的文化品格。

正如王晖所说："百年中国报告文学写作主体的身份特

征及其变异，无一不是以勇于担当历史的知识分子品格而著称。"①"报告文学的本质是建立在强烈批判性基础上的社会'谏言'机制，作家集体通过自己的作品向高层或决策者'谏言'，希望对相关部门形成触动，在思想或行动上对体制格局有所改变。"②批判性是历史赋予报告文学的"天职"，报告文学在资本主义国家成为阶级斗争中揭露批判黑暗现实、批判资产阶级剥削压迫和阶级斗争的工具，在中国也成为对外、对内战争中的"斗争工具"，所以批判性是历史赋予的使命感。

清末维新运动期间，康有为、梁启超除了以改良行动拯救"民族危难"，也曾以笔为刀拯救社会，将"报告文学"作为工具，表达反体制、关注社会现实的立场，成为中国报告文学的奠基者，在发生期的报告文学写作中是具有代表性的。新文化运动期间，知识分子引领时代思想的大潮。20世纪30年代，瞿秋白作《饿乡纪程》和《赤都心史》，以考察俄国文化来反衬中国现实的"黑暗悲惨"，由此召唤民众改造社会的意识。郭沫若的《请看今日之蒋介石》与《脱离蒋介石以后》两篇作品，在完成了对蒋介石本来面目还原的同时，也凸显出知识分子傲骨兀立的形象，飞扬着知识分子的主体精神、批判精神。从30年代至70年代"文革"时期，随着历史的逐步推进，知识分子的话语权逐渐减少以至"丧失"。新中国成立前期，我国报告文学将批判矛头指向一切反动统治和剥削制度，促成其早日消亡。新中国成立以后，报告文学依然保持着它的批判功能，只是它的批判对象有所变化。1956年是新中国成立后报告文学实现批

---

① 王晖，《百年中国报告文学的体裁变迁——百年中国报告文学文体流变论》，载《社会科学辑刊》，2002年第3期，第167—174页。
② 刘叶郁，《赵瑜体育报告文学对体育发展的意义探寻》，学位论文，上海体育学院，2018年。

判价值最好的一年，其代表作有《在桥梁工地上》《本报内部消息》等，批判的矛头指向官僚主义、故步自封、消极落后、不负责任等不良作风和态度。正如朱子南所说："这种批判功能在资本主义制度下是批判资本主义社会，在社会主义制度下是批判那些反科学反民主的现象从而使社会生活得到改善，使人们建立起为社会发展而努力的充满活力的文化精神。这种批判精神在过去因批判对象的相对确定而表现为战斗性，在今天则表现为一种思考的力量。"①70年代末至整个80年代，文艺获得新生，报告文学恢复其批判功能，将矛头首先指向"四人帮"及一切旧思想、旧观念，一切不正之风、腐朽现象和丑恶现象。十一届三中全会后，改革开放到来，报告文学的批判价值凸显成就其成为"蔚为大观"的时代风貌，发展为一种独立的文体，批判价值成为报告文学的首要特质，几乎每发表一篇有较大批判价值的报告文学作品，都要引起或大或小的轰动，比如《哥德巴赫猜想》《人妖之间》《阴阳大裂变》《土地与土皇帝》等。报告文学强烈的批判性使其具备历史启蒙性的价值，充分地体现报告文学作家作为知识分子的社会职志，而且和社会主流话语一致也获得了较大的言说空间。报告文学作家以自己的观察与思考参与时代主题的共建，报告文学成为知识分子参政议政的重要渠道和场所，且极具批判性和问题意识，满足群众对政治的参与热情，甚至契合了群众的想法，报告文学具有很强的传播力和生命力。"80年代影响较大，地位也较重要的作家，其创作特色是以宏观综合形式，尖锐揭露问题，强烈干预现实，表现出鲜明的战斗性和深刻的批判性。"②

---

① 朱子南著，《中国报告文学史》，百花洲文艺出版社，1995年，第1044页。
② 章罗生著，《中国报告文学发展史》，湖南人民出版社，2002年，第296—298页。

报告文学以批判性和真实性为特质，以思想性为表征，是直击社会现实的文体，具有强烈的政治意识。20世纪80年代，在改革开放和思想解放热潮的席卷下，文学领域异常活跃，中国文学承担着改造社会和思想解放的任务，报告文学以文学"轻骑兵"的优势成为这一时期知识分子发言的"主战场"。文学承担了批判的任务，而文学包含政治内容的写作，则试图完成理论上的清算，创作者从批判走向深层次的对人性的反思。1988年"中国潮"报告文学征文活动选出的一百篇优秀报告文学作品都在不同程度揭露和反映了中国社会的现实问题，这是80年代理想和启蒙的思想热潮下，知识分子敢于揭露问题和反思问题的直观体现，也说明了改革开放之初的社会现实问题之多。此类作品把思考的力度从政治、社会层面推进到了文化层面，试图揭示问题形成的深层原因。报告文学作家以知识分子的社会责任感和担当精神写作，怀疑意识、介入意识、批判意识增强，追求正义、守护理念、批判社会和谴责权势成为创作的主题，知识分子的话语和行动的公共性价值是区分其与一般意义上的专家、学者、作家的重要标志。20世纪80年代中后期"问题报告"涌现，知识分子的参政议政意识强烈，将报告文学作为参与政治讨论和国家建设的载体。文学创作者秉承知识分子的社会主体意识，坚持"国家宏观视角"，在创作理想上追求"有承担的报告文学"，彰显报告文学家的文化理想。创作者将自身定位为关注社会进程、参与公共事务的社会行动家、知识分子，秉承批判意识，化身为不忘道义担当的理想主义者形象。这是社会环境下时代造就的文化特色，体现了其作为知识分子的担当，但正是知识分子身份局限，如赵瑜的《强国梦》，作品在批判中呈现出急功近利的时代特色，也寄托作家对社会各行各业深沉而厚重的感情，"用批判的方式表达对体育的深情呼唤和呐喊，是无奈后的呼吁"①。

综上所述，从生存视域、文化视域、审美视域，探究报告文学作家和文体之间的必然性联系，从宏观构想到具体理论之于报告文学的理论建构是必要的。生存视域下，报告文学是作家真实反映社会的过程；审美视域下，报告文学是作家深入体察生活的过程；文化视域下，报告文学是表现知识分子担当的过程。

---

① 刘叶郁，《赵瑜体育报告文学对体育发展的意义探寻》，学位论文，上海体育学院，2018年。

第二章
作家智能论：报告文学作家共有的品格与能力

人才学上认为，人的智能结构一般可以形成三种类型，"发现型""创造型""再现型"。发现型人，有敏锐的观察能力和比较综合的能力，能够在吸收前人经验的基础上开拓新局面，善于从别人司空见惯的事物中发现个别特征和新的光彩。创造型人的思想解放，思维求异性强，具有极为丰富的想象力，不囿于前人，标新立异，有一种独创的才能。再现型人，有较强的模仿能力，善于将积累的知识有效地再现，例如戏剧表现，技术性很强的匠艺。文学智能，应该是兼有"发现"和"创造"，主导是"创造"，因每个人的学识、经历、天赋和文化教养的不同而呈现出差异。

何建明说，一个优秀的报告文学作家首先得有政治家、思想家、社会学家的意识，最后才是文学家。报告文学作家首先要具有政治家的素质，政治家考虑的问题你必须得考虑，考虑全局性、复杂性和深刻性；二是一个文学家必须要有敏锐的思想；三是社会学家的素质，要研究社会现象；四是要当一个普通的人，有普通人的情怀，普通人的那种生活，才可能写出人民和群众期待的东西；最后才是一个具有写作能力的作家。

作家智能论，指作家所需要的智能素质，包括观察能力、感受能力、记忆力、想象力、表达能力等，这是进行文学创作活动的必要条件。报告文学作家的智能素质还必须具备某些特殊的品质，如报告文学作家对外的观察力、对内的感受力、论证的阐释力和说理的说服力等。孙绍振曾在《文学创作论》《论变异》《美的结构》依次阐释"作家的智能结构与非智能结构""作家的观察结构""作家的感受结构"，从美学理论的高度全面剖析创作主体的心理状态，认为：创作是从生活直觉开始的，反映论并不是文学研究的唯一方法，文学是现实生活和作家内在自由二者矛盾的产物；艺术形象孕育于生活与自我的二维结构，并非单纯由生活构成等观点。文学智能，是文艺家运用自己的"才、学、识、胆"，进行艺术创作的一种能力，是决定作家成才的关键。①

第一节　作为知识分子的文化品格

钱理群认为，一代知识分子的品格，显示着一种精神的力量。中国知识分子的文化品格，往往标示着一个社会的文化品格。自古以来，中国知识分子的文化品格与政治命运始终是中国社会文化发展的晴雨计。他们无时不处于自己所拥有的知识与外在的政治、经济和文化等多种问题的矛盾旋涡中，使得他们独立于权力话语之外和逃避于世外桃源之中都成为实际的不可能。正是在这种周而复始的磨难和考验中，现代中国给知识分子这一世界性的话题增添了新的内涵，也使中国传统文化的现代化水准得

---

① 彭放著，《文学人才学》，中国文联出版公司，1992年，第62页。

到了全面提升。

报告文学是知识分子的表达方式，是知识分子在特定社会生态下参与社会现实的有效方式，是知识分子自我表达的有效途径，是作家干预现实的工具。因此，报告文学作家应该具备知识分子的文化品格。概括来说，这种文化品格主要表现为强烈的政治参与意识、独立自主的人格、为时代呐喊的担当。

"知识分子"应该是近代社会的产物，是随着近代社会的全面分工而产生的社会阶层。传统"士"阶层只是处于一种相对的独立地位，无法取得全权独立的社会地位，他们必须靠依附皇权体制才能生存与发展，才能实现自己的理想价值，他们选择了参与政治这条最为有效的途径。强烈的政治参与意识，是"士"最为突出的文化品格。"士"从其形成之日起便将"道"确立为内在的信念与价值，"学而优则仕"，是中国知识分子的最佳命运选择。

新闻是政治文化的产物，又是政治文化传播的载体。近代中国报告文学文体的出现适应了政治传播的需要和知识分子政治关怀的需要，承担政治使命的负载，使报告文学直接介入社会现实。"政治性是20世纪中国的一个总体性的特征，政治文化在不同的时期自有其不同的历史形态。晚清至20世纪20年代是一个思想启蒙的时代，知识分子成为领导时代潮流的主角。"[①]当时的知识分子通过报告文学写人、记事表达政治立场和观点，作为参政议政的重要方式。30年代，左翼文艺蓬勃发展，强调文学与政治的关联，报告文学兴起。40年代至70年代，毛泽东的《在延安文艺座谈会上的讲话》强调指出："文艺从属于政治。"报告文学

---

① 丁晓原，《文化生态演化与百年中国报告文学流变》，学位论文，苏州大学，2001年。

的政治文化生态居于中国社会主导，报告文学被视为文学政治化的一个典型的"样本"，"政治是文学服务的对象，文学则是政治选择的结果"（洪子诚语）。

政治文化生态主导的社会文化氛围下，报告文学作家养成了敏感的政治意识和政治思想，并逐渐成为报告文学作家集体的特征，内化为个体的文化性格，影响作家写作的方式、语言的运用、主题的选择等。政治对文学的规约，文学为政治服务的目标，使得报告文学作家别无选择地依从主流话语。报告文学作家关注现实取向，难以拒绝政治的控制。20世纪中国文学普遍表现出政治化的导向作用，报告文学也缺乏内在的生机与活力。

在特定的社会文化生态下，尤其是政治文化生态主导下，知识分子独立品格的话语空间日益狭小，而且在现实中愈来愈显得无力，但他们仍然有限地坚持着自己的这种文化品格定性。报告文学的独立发展要求作家具有知识分子"独立之思想，自由之意识"的独立文化品格，反过来，知识分子的文化品格促使报告文学独立出来且繁荣发展。独立自主的人格，在"士"的文化品格中最为宝贵。西方知识分子被称为"社会的良心"，以维护人类的基本价值为己任，努力推动社会基本价值实现的同时，也在以此为标准，对不合理的社会现实进行批判。士，是社会的思考者、清醒者和批判者。中国的现代化过程还需要知识分子去对农民进行现代意识的思想启蒙和现代知识普及，离开这种启蒙和普及，现代化是不可能实现的，离开知识分子从事这种启蒙与普及的积极性，现代化将是一种乌托邦。

"实录"精神是贯穿20世纪报告文学的一种精神血脉，这意味着作家不畏外力，也无求私欲的独立自持的精神操守，以公正勿妄的理性精神论评人物事件，如此报告文学才保持其独特的历史性。20世纪三四十年代,报告文学虽受政治文化的制约,歌颂抗日救亡和为人民解放事业奋斗的人,这种歌颂作者是满怀敬意的,没有因政治干预而盲目崇拜以致迷失自我;50年代,报告文学作家在新时代的历史背景下欢愉地歌颂开国领袖和为新中国努力的人们;70年代末至80年代,社会改革与人自身解放发展的需求,引发思想启蒙的文化潮流,实现"人之为人",获得自我解放与发展成为社会文化的主流思潮,知识分子成为社会启蒙与解放的主角。知识分子精神中内含的启蒙性、批判性极大推动了这种思想启蒙大潮的涌动,并选择自己合适的方式与工具,报告文学领域的知识分子则选择最熟悉的报告文学文体,"以笔为刀",奋发有为。报告文学启蒙价值的实现,批判无疑是最有效的方式,批判性报告文学迅速繁荣发展,引发社会关注与讨论,直接参与了思想启蒙运动。丁晓原认为,新时期报告文学创作中凸显的启蒙主题主要反映在两种时间向度的题材中,"一类是即时性的现实题材,旨在揭露,以引起思考疗救;另一类是历时性的历史题材,反思往昔以有益于来者"[①]。

报告文学从新闻体裁中脱颖而出,独立于散文成为新兴的文体形式,以"短、平、快"的文体特点发挥文学"轻骑兵"的社会功能。报告文学以强烈的批判性引发读者对社会问题的兴趣和思考,对社会重大事件内幕的好奇心,报告文学对重大社会信息的捕捉能力以及篇幅长度的优势,更加详细地披露事件经过,满足群众信息需求,吸引群众持续关注社会事件。问题报告文学成为新时期文学中一种重要的存在。

"报告文学的批判性和公共性,使报告文学具有开启民治的

[①] 丁晓原著,《文化生态与报告文学》,上海三联书店,2001年,第127页。

启蒙价值。启蒙主要是指文化反思，敢于触及中国传统封建文化和民族集体无意识的思考与探索，启蒙意识成为"知识分子"的先决条件。启蒙主义始于18世纪，是人本主义文学思潮的基础，对"人的发现"成为新时期以来文学发展的重要标志。在中国特定的历史语境下，知识分子始终在启蒙与救亡、道统与学统、超越与参与之间徘徊。中国的精英文化深受现代自由主义的影响，追求自身的学术知识价值和独立地位，以民间立场和自由主义姿态与国家意识形态疏离。自由空间下知识分子保持独立的品格，无畏的精神和良知，干预生活、针砭时弊的战斗性、批判性，代表底层社会弱势群体价值取向与文化精神统一，批判权威意识形态，反思传统与现状，颇富对抗性与监督色彩。赵勇认为，整个80年代是文学公共性彰显的年代，经过作家与学者的共同努力形成了哈贝马斯所谓的"文学公共领域"。80年代，主流的政治理念与民间的政治诉求存在一种同构性，文学和政治发展要求不谋而合，清除"文革"罪恶，解放思想成为共识，为文学公共领域的生存空间创造了条件。同时，这一时期的作家秉承知识分子的使命感进行文学创作，不同程度地把知识分子的社会理想和政治抱负落实成一次次的文学实践，经过社会媒体放大后有效进入公共空间，成为公共领域的重要力量。80年代文学阅读空前繁荣，一些重要的大型文学期刊有着明确的文学理念和责任。文学近距离地审视生活，深度介入社会群体，形成支配群众选择的价值观，极大影响着"文革"中走出来的政治青年。文学不仅成为认识社会现实的主要途径，培养公众审美意识，也是一种思想启蒙的过程，让公众逐渐拥有了一种冷峻的批判意识，由文学读者变成了具有批判意识的阅读公众，并在社会实践中积极发声，传达文学启蒙的思想，放大文学界的声音，营造出更多的公共空间，以他们特有的方式参与到文学公共领域的建构之中。80年代，是启蒙主义的文学时代，启蒙意识始终贯穿其中，知识分子继承了"五四"的启蒙传统，在理论和实践领域探索和创新，整个知识界显示出蓬勃的朝气。这一时期，知识分子在各行各业"揭丑"批判，如80年代的中国体育因为文学启蒙的时代价值，揭开体育的神秘面纱。体育在中国社会发展中的特殊性使其和政治密切相关，体育这一社会公共领域较之其他行业独特的封闭性和保守性，为体育蒙上了一层神秘主义色彩，对体育困境的直面和揭露成为知识分子的"独特话语"，是知识分子独立精神意识的集中表达。在历史和国家发展现实之间的矛盾冲突中，知识分子要秉承独立的精神和意识，坚持尊重生活、直面历史，承担启蒙思想的社会责任，要敢于牺牲自我。20世纪80年代，社会反思热潮下文学创作进入集体反思和寻求变革的热潮中，作品表达出知识分子的社会关怀和政治诉求。社会改革背景和国家快速发展热潮下，报告文学因直接、快速、有力等特点成为文学中最直接、有效的干预社会的文体类型，从而开启"问题报告文学"的热潮。报告文学作家关注具体的现实问题并将批判的理念深入报告文学创作过程中，这一时期的报告文学无论何种题材，都大胆质疑，勇敢"揭丑"，大量批判力度十足的作品被批量推出。作品对社会现实的关注凸显这一时期知识分子积极的参政议政意识，"作品汇聚成公共话题后被热议、放大进入政治公共领域，成为知识分子反抗公共权力在文学公共领域的彩排"①。

"问题报告文学"的基本特征是"不再以某一个单一事件或人物为中心，而是环绕着某一个具有广泛社会性的，人们普遍关

---

① 刘叶郁，《赵瑜体育报告文学对体育发展的意义探寻》，学位论文，上海体育学院，2018年。

注的社会问题、社会现象为中心，进行选材和采访报告"①。报告文学本来就应该是关注"问题"的，之所以将其作为一种文学现象加以命名，是因为到了80年代中后期，这一类作品被集中、批量地推出了。这一类作品反映的问题涉及社会生活的各个方面，有交通问题《中国的要害》、独生子女问题《中国的"小皇帝"》、婚姻问题《阴阳大裂变》、教育问题《神圣忧思录》、人才外流问题《世界大串连》、高考问题《黑色的七月》、体育问题《强国梦》、环境问题《北京失去平衡》等。问题报告文学秉持的主要价值就在于警示人们应该始终怀有忧患意识、危机意识，要求知识分子秉承独立的精神和意识，坚持尊重生活、直面历史、承担启蒙思想的社会责任。报告文学作家发现问题并予以批判，这本身就需要作家具有深入观察现实的能力和独立的品格意识，富有前瞻性的发展观念，才能发现问题并试图解决问题。

报告文学作家麦天枢说："真正的报告文学创作是在人们熟知的零乱普通的社会现象中进行充分的综合，推出自己独立的见解和认识。"②改革开放以后，中国社会发展面临局部"推倒重来"的任务，知识分子被称为"民族的脊梁"，推倒哪些？重新发展哪些？如何发展？这成为国家和社会同构的艰巨使命。深入社会、发现问题、寻求方法，成为知识分子的崇高社会使命，关注公共事务并发声，在事关国家前途、民族命运、民众苦难的重大问题上，在涉及人权、尊严、公平、正义等普世价值的原则问题上，知识分子理应发出自己独立的声音。作为社会最敏感的成员乃至作为社会的良知，知识分子关注社会是题中应有之义，也

---

① 李炳银，《"问题报告文学"面面观》，载《解放日报》，1988年1月26日。
② 张万仪，《从〈强国梦〉到〈马家军调查〉——论赵瑜体育报告文学的文化意蕴》，载《红岩》，1999年第2期，第148—153页。

是知识分子应该有的社会与民族担当，续存民族传统，重塑独立品格，真正发挥知识分子的作用。

第二节　作为时代"报告者"的自觉意识

文学的自觉包含主体的自觉和文体的自觉。主体的自觉性即作家本人对社会存在能够予以理性的判断，主体意识的在场与获得，人在文学创作活动中的存在意识，创作主体在文学活动中自由自觉的特性，充分发挥作家个人的积极主动性，是创作主体的自主和自觉意识的充分发扬；文体的自觉，意味着按照某种文体的规范和原则形成一套"惯例性规则"。韦勒克说："文学的各种类别'可被视为惯例性的规则，这些规则强制着作家去遵守它，反过来又为作家所强制'。"①主体自觉决定着文体的自觉。"文学主体性同样和主体的自觉意识相关，一方面意识到自身是文学活动的主体以及文学活动对于自身的意义；另一方面意识到文学本来是怎样的和应该是怎样的。"②

童庆炳认为，"文体"作为一定话语秩序所形成的文本体式，折射出了作家、批评家独特的精神结构、体验方式、思维方式和社会历史、文化精神等。③徐复观认为，文学的自觉是"文体"的自觉，创作主体有什么文化生命就有怎样的"文体"，不同的生命精神形成了不同的"文体"。文体上的自觉和探求，是

---

① [美]韦勒克·沃伦著，刘象愚等译，《文学理论》，生活·读书·新知三联书店，1984年版，第256页。
② 陈传才著，《中国20世纪后20年文学思潮》，中国人民大学出版社，2001年，第162页。
③ 童庆炳、邹赞著，《从"文化诗学"到"文化研究"——北京师范大学童庆炳教授访谈》，载《社会科学家》，2012年第9期，第3—8页。

文体成熟的表现，在某种意义上也标志一个作家在创作上逐渐走向成熟。

报告文学的文体自觉从广义来说是文化生态赋予的，从狭义来说，报告文学作家主体最终实现和成就了报告文学的"自觉"。丁晓原认为："这是一个报告文学作家及其报告文学文体走向自觉的时代。"①作家的文体意识应首先从他所处的文化关系中加以考察，要理解意思必须首先通晓文化，"个人在做什么，信仰，思维和感觉什么，这不由个人，而由文化和环境决定。精神只是文化的一种反射，只有通过思考文化，才能使人类意识成为可以理解的东西"②。法国美学家丹纳在他所著的《艺术哲学》中，把艺术家的才能归结于时代、环境等"精神气候"和"自然气候"的影响，认为艺术家的才能是受环境影响（后天的习惯）决定的。按照文体学的观点，"文体意识"是指"在长期的文化熏陶中形成的关于文体的或明确或朦胧的意识"③，体现作者对文章体裁的敏感，即对文体的辨析和认定。文体与作家的个性心理特征有一定关系。个性，指作家的气质、性格、禀赋、人格、文化修养的总和。曹丕的《典论·论文》中就提出了"文气"，"文以气为主，气之清浊有体，不可强力而致"。气，在此指作家的气质，相似于先天禀赋。刘勰、李贽、方孝孺等都对此有过论述，从心理学的角度寻找作家的个性气质与他的文体之间的关系，构成了古代"文如其人"的结论。

主体性的主要内涵是指自主意识、自由追求以及能动的创造性。报告文学作家的价值观、人格理想、语言方式和感知方式、

---

① 丁晓原著，《文化生态视镜中的中国报告文学》，复旦大学出版社，2008年，第124页。
② [美]怀特（White, L.A.）著，沈原等译，《文化的科学》，山东人民出版社，1988年，第178—181页。
③ 陶东风著，《文体演变及其文化意味》，云南人民出版社，1994年，第99页。

文化审美素养、社会责任感、新闻敏感等，是作为报告文学主体应该具备的条件。在所有的文体中，报告文学是社会功能最强劲的一种文体，它的创作主体是最具有社会良知的主体群，因此，报告文学的主体性不仅表露在自觉主动地选题、选材、描写和议论中，更表现在作者内心对社会的感知、对社会问题的忧患、对人民生活的关注和深层理解上。报告文学的批判意识和忧患意识在文本中的自然流露使其主体性逐渐显露出来。新时期以后，报告文学作家主体意识的觉醒使得报告文学从内容到形式上都有了长足的发展，这起初表现在突破了题材的"禁区"，从政治性报告转为对社会道德和人性的关注，几乎社会中所有领域都可以成为报告文学表现的对象，在开放的相对自由的社会条件下，作家主体意识的觉醒推动了报告文学新时期的发展飞跃。

报告文学是时代的"报告者"，报告者身份的确立意味着创作的主动性、即时性、深刻性，向读者提供信息满足基本新闻的需求，还应同时启发他们对社会现象进行思考，这取决于创作者个体深入地观察生活、体察发现问题。主动性的获得，是作家主体意识的集中体现，作家意识在报告文学问题中具有决定性的作用，通过对客观事实的叙说，在文本中直接或间接地表达个人的思考，文本则直接传达作家思想的先锋性与深刻性。"主体意识的普遍强化，使新时期报告文学创作呈现出一种思考的风气。"① 优秀的报告文学犹如一种"思想发生器"，作家通过作品实现精神对话与思想共享，成为激发读者思考的重要思想资源。麦天枢说："当思想的深度构成读者对报告文学普遍要求的时候，思想性就表现为一种美；思想性通过文学手段来承载，思

---

① 丁晓原，《报告文学：作为知识分子的写作方式——兼论新时期报告文学作家主体性的生成》，载《文艺评论》，2003年第3期，第19—25页。

想性就变成了文学性。"报告文学文体所呈现出的思想性，既是作家主体意识独立性的外化，同时，它又以主体意识独立性的拥有为其前提。

文本的"思想性"是作家"思想性"的体现，对于报告文学显得十分重要。报告文学作家理由强调："报告文学作家在用一种自觉的独立意识去注意重大社会问题，给读者更多的思考和辨析。"①《强国梦》《兵败汉城》《马家军调查》是赵瑜对体育问题深入的系列思考，《西部在移民》为人类的贫困而思考，《中国姑娘》为感动人心的中国精神而思考。"'思考风'是报告文学的使命意识强化的原动力"，思考的蔚然成风表征着"报告文学进入觉醒的自觉的时代"②。报告文学作家的自主性正在生成，写作由屈从于某种号令的被动态，变为作家参与现实的一种主动方式，由一种代言人式的社论体制作，变为具有个人风格的有意味的创造。

报告文学一直被认为是具有文体意识和文体自觉的体裁，这种文体的特性在实践过程中逐渐形成。优秀的报告文学作家要具备精神高度和思想深度，有广泛的文学和社会影响力，有个人的文体风格和自觉文体意识的追求。报告文学建构的据以反映社会现实的客观世界，同时也是一个根据作者主观意图重新安排的世界，具有艺术真实性和审美价值的世界，一个作者所创造的独特世界。报告文学文本呈现的"话题"是作者主观世界表现与社会客观世界再现的有机融合过程，作家将自己的感受、情绪、思想、意志、愿望等投射，浸入审美客体中，使客体在一定意义上

---

① 理由，《面对方兴未艾的报告文学——报告文学作家、评论家对话会纪实》，载《文学评论》，1988年第2期。
② 范培松著，《报告文学春秋》，吉林文史出版社，1989年，第115—117页。

成为作家自我的象征或化身。这是创作主体与客体相互作用、相互渗透、相互转化的过程，是对象的主体化和主体的对象化同时进行的过程。

报告文学虽然是一种真实直接地反映客观对象的文学样式，但也必然会融进作家的认知评判与审美情感，在价值取向上，依然要注重写"自我"，重视"自我"对事实的独特发现，重视对涉及的人与事进行理念与审美过滤，在报告他人、他事中倾诉个人心中之不平，吐露个人内心之不快，表达个人的社会思考，实现自己以文学参与社会进程、干预生活的目的。报告主体总是选择那些能够满足自身需要的事物为对象，通过对它们的选择、集中、化身其中，使主体的劳动与客体的价值相融合。这个价值体一方面囊括了客观生活的某些属性，也包含了报告主体的"知""情""意""理"等价值"增值"部分。

新时期报告文学的独立发展建立在作家自我意识觉醒的基础之上，使报告文学的"原我"寻找成为可能，报告文学作家开始以自己的眼光观察世界，以自己的头脑反思现实，以自己的方式表达自己的观察与思考。报告文学作家以"自我"的存在成就了文体的发展与成熟，赢得了社会的关注。这是一个报告文学作家及其报告文学文体走向自觉的时代。报告文学满怀社会责任感与使命感，深切关注现实、表达现实、介入现实、尊重现实。这是作者创作时坚守的原则，也成为作者禀具独立自主的理性精神的体现。从某种意义上说，作家选择报告文学也就相应地选择了责任与使命，"报告文学就是有责任感的人的事业，没有责任感的人也许不会选择这个职业，无论他的动机如何"[①]。贾鲁生说：

[①] 贾鲁生，麦天枢，尹卫星，赵瑜，《1988·关于报告文学的对话》，载《花城》，1988年第6期，第4—30页。

"我们这代人是在实现自我的过程当中承担社会责任，或者说在承担社会责任过程中实现自我。"①这是报告文学作家特殊之处，面对丰富复杂的社会现象，作家以"我"的方式去承担社会责任与使命。报告文学作家的本我是一个兼具社会性与自我性的本我，报告文学作家将其承担社会责任与实现自我价值的目标结合起来，这使得新时期的报告文学不仅具有社会关怀的品格，而且也能充分展示出作家自我的精神。

报告文学对社会现实生活的参与，是在关注社会生活的主要矛盾和斗争，关注那些足以影响和改变社会生活面貌的事件和人物，是在不断地提出和回答人们普遍关心的社会热点问题的过程中来实现的。报告文学能否寻觅到具有报告价值的题材，并敏锐地判断出报告价值的大小，取决于其主体视角是否开阔，把握的价值尺度是否准确，表现的价值层次是否丰富。报告文学的社会价值实现则要求作家主体能"见人之所未见"，报告价值能不能被发现、被确证，既取决于客观现象的价值属性，更取决于写作者自身的思想驾驭能力、独特价值判断能力与综合素质。报告文学的题材旨向应重在主观发现，报告主体应当重视发现那些萌芽中代表未来发展趋势的事物，那些已经影响了生活但尚未为人们普遍关注的事物，那些具有丰厚审美价值但还没有被普遍发现的人物、事件，那些大众普遍关注却未识其"庐山真面目"的重大问题。新时期报告文学文体功能的强化，特别是批判功能的回归、文体内存的变异及其体式的转型等，其根本原因之一就在于作家主体意识的自觉。

---

① 贾鲁生，麦天枢，尹卫星，赵瑜，《1988·关于报告文学的对话》，载《花城》，1988年第6期，第4—30页。

第三节　作为文学家的创作能力

　　所谓能力，就是运用知识去解决实际问题的技能，能力是对知识的运用。从哲学意义上讲，知识是指一个人对客观事物的性质和变化规律有正确的了解和认识。能力和知识有着密切的关系，黑格尔提出了"天赋"与"习得"共造说，认为一个人的本领，存在着"天生自然的因素"，但要发展这种本领，需要"练习""培养""思考"。

　　报告文学的"报告"特征，对报告文学作家的信息整合能力提出较高要求，在文艺创作上则表现为作者在社会事实选择与深度挖掘上的作用。报告文学被称为文学领域的"深度调查报告"，弥补新闻作为单纯信息工具的功能。新闻因为传达信息的需要更快速、简洁，但缺乏对事件内幕的深入挖掘，报告文学建立在深入调查的基础上，以真实性和批判性为特质，以社会重大问题为题材，是对新闻的弥补、延伸，也是对新闻的监督和挑战；是对传统文学的丰富、变革，也是对文学的现实社会作用的强化。

　　文学艺术是作家、艺术家的心灵和智慧的结晶与成果的体现，赋予了日常经验以崭新的生命和表现形式。没有创作主体的心智活动，就没有艺术的灵魂。报告文学的"文学"特征，对报告文学作家的形象塑造能力提出较高要求。文学在形式上的美学特征是，它必须运用形象描写的方式去表现作者的审美感情，直接或间接地反映引起这种感情的生活。这个形象，不只是空洞虚拟的，是按照美的规律组合而成的具体可感的形象。

　　首先，报告主体能否挖掘到事实的情感因素，能否以自己的情感去观照生活，以情感熔铸形象，深刻地影响着报告文学审美价值的大小。情感是文学艺术的基本特征之一，文学艺术的核心是人类对世界的情感掌握。艺术创作的出发点与归宿都是情感活动，具体性、感染性与创造性是艺术创造的生命。从生活具象到思想，从思想到艺术形象，其中不可缺少的因素是情感。《中国姑娘》的成功，首先是，鲁光敏锐地抓到了一个得天独厚的题材；其次是，作者站在历史的高度，满怀激情，艺术地展现了中国女排荣获世界冠军的内在必然性——感人至深的崇高理想和振兴中华的拼搏精神。《中国院士》以洋洋三十万字报告了中国科学界五代院士的人生历程和科学创造活动，其意义不仅在于写了几百个最具新闻价值的显著人物，而是透过中国院士制的沿革和中国院士的奋斗历程，对"科学技术是第一生产力"做了形象的写真。这些感悟与判断给予作品深刻的灵魂与精神贯注，给事实增添了较为厚重的历史感及启迪力量，唯其如此，才使这两篇报告文学不同凡响，具有典型意义与美学价值。

尽管报告文学创作的源泉是现实生活，是对新近发生的事实的报告，但是报告文学创作的直接动因则是作者对生活独特的审美发现。当写作者的艺术直觉发现了某一蕴含美的事物时，报告主体就会全身心地投入，在审美观照中迅速地对这一事物做出价值认识与判断，同时产生深切的审美情感。如果作者不具备超越现实的审美洞察力、创造力以及对创作对象独特的情感体验，创造活动就不会发生，合规律合目的的主体价值创造就不会发生。情感化的因素恰如一条纽带，赋予作者独特的创作灵感，使报告客体与报告主体产生了最具"亲和力"的审美感应，进而化为作品最具感染力的情感价值。

其次，报告主体的情感评介渗透于整个创作过程中，深化成作品内容的有机组成部分。报告主体能否用情感整合理念，使自己的审美情感达到堪与理智活动相媲美的高度，也有效地制约着报告文学的价值生成。在报告文学创作中，报告主体的理性认识总是伴随着具体与强烈的情感活动。从采访开始，创作主体就总是把关于写作对象的所有材料放在情感的天平上——检视、梳理，注视那些朦胧的东西，反复思考它的意义。当报告主体对某些问题的理解、判断、思考评价与奔腾在他的血液里的情感和本能完全融为一体时，这些浸淫着报告主体独特价值思考的理性判断，就会以凝聚着强大情感冲击力的形象出现。比如《胡杨泪》中的抨击："多少人才因僵死的人事制度被摧残、被压抑、被搁置、被埋没，这种束缚人的制度难道不应改革吗？"麦天枢在《土地与土皇帝》中的议论："在贫瘠的土地上，权利之花开放得分外鲜艳。"赵瑜在《强国梦》中的警示："记住奥林匹克精神的实质：重要的不是获胜而是参与。"它们是作者瞬间感情的留存，是对现实的无法宁静的表达，是创造主体终其一生的人生思考，是作者以情感方式介入创作的独特生活体验，正是它们构成了报告文学文学价值的直观显现。

再次，报告文学的价值大小体现在文学形象体系的塑造上。现代文艺社会学认为，在社会生活与报告主体之间，存在着认识、审美、实践三大系统，这种交互性不仅是认识主体，还是审美主体、实践主体。文学系统，不同于认识系统和实践系统的特殊性在于，它不是理智与意志主宰的领域，而是审美情感主宰、审美形象主宰的领域。报告文学是文学，报告主体也理应作为审美主体，而审美是不能离开形象塑造的。那么，报告文学形象的情感内涵是如何凝定，又是如何对读者起到感染作用的呢？这主要取决于报告主体在创造文学形象时能否将情感变成意象。所谓意象,即表象之象,表情之象,它是情感与形象意蕴的合金。情感是不可触摸的,无法目睹的,它必然通过形象而展现出来。将情感变成意象,就是通过"用事实说话,化抽象为具体""用形象说话,刻画人物形象""托物赋形,化无形为有形""化静为动,动静生象"等手段,使情感形象化。在报告文学创作中,作者总是试图对事物的善恶、是非、美丑、功过等做出自己的评价,而这种评价又总是与他的爱恨、好恶等情感因素联系在一起。这并不是说,作家只要把这些情感赤裸裸地表达出来就可以了。事实证明,如果一个人直说自己难过或者愉快,是很难感染别人产生共鸣的。感染别人的最好办法,是把自己难过或愉快的具体情景和盘托出,让别人也进入具体情景,体会自己的感觉和感情。因此,对报告文学来说,更具有本质意义的是情感意蕴,而不是完全裸露的哲理、枯燥的说教、抽象的概念;是情感对报告形象性塑造的择取与集中,而不是事件材料的简单重复;是用形象去与读者进行情感碰撞,而不是问题的罗列;是情感与形象的升华,而不是人生经验与个人痛苦的原始记录。要将这些复杂的情感转化为形象,可以分两步来走。一是通过感知、直观、意念、联想与幻想再现现场情境,将那些影响作者,对作者产生强烈心理碰撞的情境复现出来,以激发读者类似的情感。二是移情入景,把主观情感投射到自然景物里去,使之成为情感的载体,让作品充满生命信息与自然情趣。《胡杨泪》中,作家用大量的议论与抒情语言直接表露出自己的理性判断,形成强烈的情感氛围。但是,引起读者强烈情感共鸣的却不仅仅是这些政论,而是作者以情感为主导进行形象转化的材料与画面。

第三章
作家个性论：对社会生活的敏感与文学审美观照

文学创作是一项最具个性特征的创造性活动，和作家个性密切相关。作家个性论，可以从共时性和历时性基础上阐释，从历时性基础上，作家个性论表现为文学的时代性，即不同时期有不同的文学作品，会产生不同的报告文学精品，因社会需要和读者需要有所差别；从共时性而言，作家个性表现在同一时期，不同作家之间的具体差别，如题材选择、主题表达、审美差异、对现实的关注与思考等，即使选择同一题材、同一主题，有些也会成为经典，而有些却难以获得读者的关注与社会的思考。

文学是作家依据一定的社会生活所进行的创造活动，因此，在文学创作中，应该而且必须发挥作家主体的创造作用。文学的创造带有鲜明的个性特征，是作家艺术掌握世界的一种方式，它的突出特点就是把主体的主观因素（情感、个性等）通过创造过程而"物化"于产品（即作品）之中，因此，每个作家所创造出来的作品都不会与他人的雷同，都是具有自己独特个性特征的艺术结晶。因此也可以说，个性化是艺术的生命。

第一节　报告文学"文学性"思考

报告文学创作中"报告"多、"文学"少的问题一直较为突出，成为报告文学创作中一个不容忽视的问题。对报告文学"文学性"的质疑源于文体的特殊性，即对事实的报道，新闻性特质的秉持，使这种纪实性文体很难发挥"文学性"的创作空间，并引发作家、批评家、读者等对报告文学真实性的质疑。新闻是用事实说话，文学是用形象说话，而报告文学却融合二者之长，既用事实讲话，又用形象表达，在对事实的真实再现与对文本的文学表现方面的确是极其特殊的。新闻客观主义认为，新闻报道不能带有任何感情色彩。报告文学以真实取胜，是以真实为根基的文学样式，真实性是报告文学的生命，这是毋庸置疑的，但有关真实性的表达、含义与限制等问题在理论界一直争论不休，似乎已经成了老生常谈的问题。解决真实再现与艺术表现的矛盾与结合问题，不仅是重要的理论问题、学术问题，也是有关报告文学发展前途的重要实践问题。

报告文学对"文学性"的质疑，是基于将"文学性"视为采用小说等虚构文学的标准来衡量报告文学。报告文学的"文学性"是否和"真实性"是绝对隔离、水火不容的关系，这取决于不同的区分标准。何直、刘白羽、徐迟、魏金枝等理论研究者和作家继承了苏联文学理论家奥维奇金的"虚构"说，持"报告文学允许虚构"的观点，认为报告文学既然是文学就不可能做到完全真实，允许作家对现实生活进行文学性的形象化和虚构；夏衍、周政保等人则接受了苏联文学理论家波列伏依的"绝对真实"说，认为报告文学必须坚持绝对真实的原则，即使是夸张和不合理的想象也不能引入报告文学的创作中去。朱子南、丁晓原、李炳银、章罗生等报告文学理论学者普遍认为，报告文学的真实性是有别于普通新闻报道和其他文学样式的，它的真实性具有特殊的内涵和呈现方式，不能简单地用想象和虚构来判断。有研究认为，"报告文学的真实是一个三维结构，其中包括定位真实（特定时空背景下的具体人和事）、全息真实（内含全部材料及其细节是实有的）和本质真实（显示对象的内在特征），三方面的真实组成一个结构，只要其中任何一个方面失真，那么结构离散，报告文学就会失去必备的信度。"① 报告文学的真实包括：事实真实、艺术真实和本质真实三个层面的含义。② 事实真实强调作家亲历的参与性，要求作家深入现实生活，真实记录，忠实于原貌。艺术真实是作者确保真实性的基础上，针对真实的人物、事件和现象进行具有审美意义的文学性描述。报告文学不可能堆砌全部的材料去表现真实的人物，"只有艺术的真实，也即典型的真实，才是本质的真实，整体的真实"③。本质真实，透过现象看本质，报告文学作家对事实进行描述和评价，揭示现象的本质，揭示客观世界真理。报告文学最重要的价值是开启民智，用作家理性的思考和深入的解析达成对社会现象本质规律的分析、透视，从而在社会中引起重视并试图找到解决问题的途径。报告文学的事实真实并不妨碍其艺术效果的表达，李炳银认为："报告文学的文学艺术性，最基本的要求是在创造一种读者便于接受的叙述报告形式；是在用自己智慧的题材选择和见识对读者构成一种诱惑和引力（当然，要造成这种效果要有众多的因素）。而不完全在于它是否创造了巧妙的故事、丰满的形象、美

---

① 丁晓原著，《20世纪中国报告文学理论批评史》，安徽大学出版社，1999年，第25页。
② 何蕊著，《报告文学理论探新》，吉林人民出版社，2003年，第205页。
③ 理由，《报告文学的写作》，载《新闻战线》，1980年第3期，第22—48页。

好的环境。"①

作家黄传会创作了"贫困三部曲"——《"希望工程"纪实》《中国山村教师》《贫困警示录》，跑了中国二十一个省（区）的六十三个贫困县，接触了大量的失学儿童，采访了几十所山村小学及教学点的近百名山村教师，调查了几十个乡村的历史和现状，掌握了大量准确真实的第一手材料，从这浩如烟海的资料中精心筛选了典型意义的事例进行细致的描画，以达到情节、事例不重复和生动感人的目的。何建明说，深入现场采访对报告文学作家至关重要，无论写什么题材，必须要尽可能地抵达现场，离现场越近越好。为了追求人物、事件、细节、场面、对话乃至背景的"全方位真实"，就需要作者付出如此艰辛的代价，可见报告文学真实性原则不但是对作者创作原则的挑战，也是对作者社会责任感、使命感和执着意志的挑战。

真实性是报告文学的生命，但报告文学的文学性缺失，作品则很难获得长久的生命力和广泛的影响力。虽然报告文学在创作的过程中要受到真实性原则的重重阻挠，但是它在艺术表现方面还是拥有一定灵活空间的。报告文学可以将小说的构思、想象，诗歌的灵感、激情，散文的意境、语言，戏剧的冲突，绘画的色彩，电影的画面，音乐的旋律，融会贯通于一个对现实的真实描述中去。在报告文学多年的实践和理论积累中，很多具有创新意识的表现方式、手法和风格类型层出不穷，为报告文学文学艺术性的张扬提供了契机。在被称为"小说化"的报告文学作品中，作家们充分发挥了报告文学的灵活性，将小说中情节的设置、悬念、结构以及丰富多变的语言都应用在了报告文学创作中。像报

---

① 李炳银，《生活与文学凝聚的大山——对报告文学创作的阅读与理解》，载《文学评论》，1992年第2期，第17—31页。

告文学作家理由的《痴情》《扬眉剑出鞘》《倾斜的足球场》等作品就以小说化的描写在艺术上取胜。《扬眉剑出鞘》的叙述从开端到高潮都充满了戏剧性和悬念，开篇一辆救护车载着一位中国运动员在马德里的街道上急驰，她就是带着严重的剑伤在体育馆坚持了两个小时比赛并赢得了亚军的栾菊杰。作品从她进医院入手，截取事件的断面，倒叙为主，兼有插叙，运用电影剪切式的手法把栾菊杰平日训练和比赛的情况联系在一起，表现了她百折不挠、敢打敢拼的精神，情节跌宕起伏。作品小说化的结构设置、细节勾勒引人入胜，为报告文学增添了很多文学色彩。报告文学还吸收了电影特写镜头的表现方法，捷克记者、报告文学作家基希最先将电影艺术手法移植到报告文学的写作中，作品《列宁同志问候你》是成功地运用电影分镜头手法的代表作。高尔基和我国老一辈报告文学作家夏衍擅长使用电影分镜头手法，作品《为了六十一个阶级弟兄》在结构、布局上成熟地运用了电影镜头的组接，用一个接一个的画面推进情节，显示出"抢救"战斗极其热烈紧张和助人为乐的感人气氛，为我们写报告文学提供了成功的经验。近些年的报告文学却被外界讥讽为"苍白的表扬稿"，失去了打动人心的力量。长篇报告文学《最深的水是泪水》是蒙古族作家鲍尔吉·原野的作品，作品描述大连"7·16油爆火灾"案件，后改编为电影《烈火英雄》，获得观众认可，市场斩获成功，作者认为其中的原因是"我把这些真实的人物和事件写进了这部报告文学，才有了后来的电影《烈火英雄》，我所能做的就是写下真实，真实才是最有力量的"。参与救援的辽宁公安消防总队官兵共计2380人，很多是年轻的90后战士，为了写好作品，作者花费了四个月采访了200多人，最终记录下了188人的讲述，在采访过程中验证事实，还原真相，把自己定位为一个记录者，想要为战士们树立一座纪念碑，希望用这本书"向最美逆行者致敬"。作者认为，"无限拔高，不如真实更感人"，"主旋律"需要的也是真实，而不是夸大。鲍尔吉·原野当过记者、警察，两种职业特征的结合使其具备调查者的素质与能力，两种身份的职业精神，让他在作品采写中格外严谨，力图通过采访还原事件真相。

王晖认为，"当前报告文学引起读者强烈不满的主要原因是文学性差，报告文学同其他文艺形式一样，应该有多样化的风格。"①20世纪30年代，茅盾在《关于"报告文学"》中提出报告文学"必须具备小说所有的艺术上的条件——人物刻画"的观点，②为报告文学的"文学性"奠定了理论基础。报告文学的"文学性"主要是形式性、技巧性的，是一种将枯燥的事实、抽象的认识陈述得更容易为读者所接受的手段。报告文学的"文学性"体现在从语言、结构到情节的具体安排中。黄展人认为，"报告文学的文学性，就是要求作品用文学手段来报道新闻事实，用形象思维处理写作材料，在作品中作者可直接抒发感情。"③尹均生认为报告文学的文学性表现在："一、鲜明的文学政论色彩，二、生动地写出现场实感，三、捕捉和撷取典型的细节，四、多样艺术手段的综合运用。"④报告文学的"文学性"区别于虚构文学的"文学性"，是有限制和边界的"文学性"，在"虚构"和"非虚构"文艺界限内恪守"文学性"的规则。报告文学的文学性要素之多，本章详细论述报告文学的"语言"与"想象"的文学性问题。

---

① 白烨主编，《2005年中国文坛纪事》，文化艺术出版社，2006年，第54页。
② 茅盾著，《关于"报告文学"》，载《中流》第1卷第11期，1937年2月20日。
③ 黄展人主编，《文学理论》，暨南大学出版社，1990年，第101页。
④ 尹均生著，《国际报告文学的源起与发展》，华中师范大学出版社，2009年，第353页。

语言之于文学，不仅是表达工具，更是文学之为文学的前提，语言是文学性的重要载体，但"语言"的文学性"标准"问题则很难确切表达。文学性的"语言"是衡量一切优秀文学作品的基本标准，也是吸引读者阅读的前提与基础。报告文学的话语系统除了有与小说相类似的规范文本的叙事性、侧重于人物事件或某些问题的叙述与表达的叙事性话语之外，还有一个独具特色的非叙事性话语。报告文学作为"新闻性"与"文学性"兼具的文学样式，融叙述、抒情、议论为一体，要明确它是"文学的报告"，切忌"用公共语言来表达公共情感"，对于语言的要求既要有叙述、描写、抒情的语言，又要有评论的哲理性、思辨性、论证性等多种样式的语言，将多样化的语言风格和手段、技巧融于一体。20世纪20年代，报告文学文学性增长的同时，"语言"的兼容性也逐渐增强，与小说、电影剧本等叙述语体交融，与诗歌等抒情语体兼容，与学术论文等科学性语言相交，自80年代以后达到高潮。报告文学的语言艺术性表现在：

首先，生动、形象、有生活气息、富于表现力的语言是创作报告文学的关键，达到如临其境、如见其人、如闻其声的效果是报告文学的文学使命之一。夏衍《包身工》中运用形象化的语言刻画了一个人们无法忘怀的"芦柴棒"的形象，"手脚像芦柴棒一般瘦，身体像弓一般弯，面色像死人一般的惨"，甚至"摸着她的骨头会做噩梦"。报告文学要靠这种形象的塑造和形象化的语言来强化形象的表现力，综合运用比喻、象征、烘托、闪回等多种方式来表达作者的意向，小说化、散文化乃至诗化的语言使报告文学的艺术效果也有了长足的进步，得到了兴盛的发展。其次，报告文学的语言可以增强艺术的感染力。在艺术效果方面，报告文学可以通过蒙太奇、镜头转换、意识流、时空变换等方式加强结构的优化，同时也可以通过作者利用语言的直接描述或间接衬托，背景、气氛的渲染以及作者自身主观态度的表露加深作品的感情色彩。小说化的叙事和细节、肖像描写、悬念、伏笔，诗歌的构思、抒情色彩与意境，杂文化的文学政论，散文化的工笔勾画等都能增强报告文学的艺术效果，使之更趋向于文学和艺术的境界。赵瑜说："我一直想把报告文学这匹马驹，赶向小说的骏马群中。我羡慕小说家叙事中那灵动的神思，那活力四射的语言，唯如此，报告文学始可驰骋疆场。"①赵瑜无疑是报告文学的"语言"专家，不仅熟练运用主流话语、精英话语和民间话语，在不同的话语意识形态下灵活切换"场域"，根据故事情节与人物形象塑造熟练运用语言技巧，同时，赵瑜的语言逻辑性、思辨性、个性化很强，同时广泛借鉴章回小说与评书手法，大量化用了中国古典诗词、曲赋、文句，在语言和修辞上广泛运用口语、对仗、排比等，从而使作品的文学特色更为鲜明，文化底蕴更为深厚。如20世纪80年代的《强国梦》《兵败汉城》，作为"严肃文学"，赵瑜广泛使用"精英话语"，语言的逻辑力量大于"感情力量"，90年代《马家军调查》全面吸收小说写人的语言与技巧，《晋人援蜀记》则非常平民化、草根性，赵瑜更强调温馨的平等交流与友情对话，减少了思辨的特征，增强了平实的叙述，以记录的视角让我们感到更亲切。《寻找巴金的黛莉》方言、口语等更为突出，更自然、鲜活、真切，增加在场感，也更能突出其人物的性格风貌，不自觉地活用甚至创造了许多整齐、押韵的诗词之类，如"屠刀不灭英雄气，塞北处处是刀痕"，"同是赵家兄弟汉，人生抉择不一般"。

---

① 赵瑜著，《风雨同舟》，见《赵瑜散文》，中国青年出版社，2006年，第214—215页。

文学是想象的艺术，是形象思维的产物。心理学认为，想象"是在外界现实刺激的影响下，在人脑中过去所形成的暂时神经联系的重新配合，从而产生事物的新形象的心理过程"①。它以知觉过的事物为根据，是真实感受或事物印象的再现，报告文学难以拒绝"想象"的艺术，承认这一联系便是认可了报告文学的"文学性"。想象不是"虚构"，虚构是一种艺术手法，而想象是一种思维形式，是形象思维的方式，想象可以导致虚构，虚构一定含有想象。作家以形象的感性手段来反映生活，并诉之于读者，想象是必然用到的。报告文学以生活中的真人真事为基础，反对虚构，同时，报告文学通过形象思维来完成艺术构思，就是形象思维活动，就是想象的过程。艺术想象与生活的真实反映绝不是矛盾的，艺术想象是形象思维，是认识事物的一种手段，想象就必须以现实生活为基础，以作者的生活经验、知识为出发点。要进行想象，除了丰富的生活知识和经验外，作者还需有正确地观察生活和认识生活的能力。如果不能正确地观察生活，把握生活的本质，那么想象就往往变成猜想。"没有想象，报告文学者是决不能绘画出'事件的实际效果和走向改造完成的径路的'（基希语）。没有艺术家的想象，他将决不能活画出这个世界，使得读者不但了解他而且和他一道生活。"②理由说："在报告文学中的确存在想象，作者对文中所述的事实不可能一一亲历；抛开想象，不但写不成报告文学，也写不成通讯。"③小说中，想象是虚构的前提，虚构是创作想象的结果；报告文学的"想象"依据现实逻辑，是作者对现象实践活动的观察与深切体

---

① [苏]季摩菲耶夫著，《文学概论》，平明出版社，1953年，第33—61页。
② [法]T. 巴克思，张光松译，《基希及其报告文学》，见《中外作家论报告文学》，云南人民出版社，1985年。
③ 理由，《谈报告文学的写作》，载《新闻战线》，1980年第5期，第22—48页。

会，想象的过程与作者的实践活动和思考过程密切相关。

想象的实现，从"识记——再现——完善"的过程，是逻辑思维和形象思维交替发展的过程。"识记"要求作者对现实中的人和事细致敏锐的观察，是想象产生的前提条件。"再现"，是客观事物经过作者内在的主观感受，始终伴随作者的情感，在作家个人取舍、整理、提炼、加工的审美观念上形成的，"一切感情的气质，不管它们怎样，都能影响创造性的想象"①。想象闪耀着作者独特的心灵的光辉，情真，笔下的形象才栩栩如生，扣人心弦；反之，则干瘪凝滞，毫无生气。"完善"，则要求作品经过形象思维上升为理性思考，揭示生活的本质，反映时代的需求。黑格尔说："想象还不能停留在对外在现实与内在现实的单纯吸收，因为理想的艺术不仅要求内在心灵显现于外在形象的现实世界，而且还要求达到外在显现的现实事物的自在自为的真理性和理性。"②报告文学中想象的运用可以运用多种艺术手法，如象征、比喻、联想等。

一个好的报告文学作家，在于他的想象力，对生活的广阔扫描和深度开掘。罗达成的《芭蕾，钟情于中国》运用想象的手法，通过富有想象力的比喻写跳水员李孔政走上10米跳台时的心情，"拾级而上的李孔政，像是从云雾里走向天都峰，带着渴望，去迎接一次壮丽的日出，像是在广西家乡的老林里打猎，愈走愈深，幽静的四周里藏着神秘……"陈祖芬的《最佳年龄》中，写陈祥祯的妻子鲍正芬谈到儿子上厕所，风把门吹上了一件事，作者充分运用想象，写了《风把门吹上了》一章。

---

① [法]李博著，《论创造性想象》，见《外国理论家作家论形象思维》，中国社会科学出版社，1979年，第183—188页。
② [德]黑格尔著，《美学》第一卷，商务印书馆，1979年，第303—349页。

报告文学突破"戴着镣铐跳舞"的文学样式,充分运用语言、结构、想象的艺术,显示文体的文学魅力和艺术创新精神,成为20世纪以来几代作家的不懈追求。作为非虚构的文体,报告文学超越艺术表现局限、博采众多文体之长、不倦追求艺术创新、充分展现自身个性,是报告文学影响力和生命力的基础。

第二节 报告文学时代性转换:从"报告"到"文学"

新时期报告文学更注重"文学性"的提升和艺术空间的探索,作家们在艺术创作中不断摸索与徘徊。报告文学在新时期发展"徘徊"最主要的原因是基于文学的时代性。时代性是衡量文学是否经典的一个标尺,面对一个新的急剧变革的时期,报告文学作家要以最快的速度做出文学上的时代反应,特别是缺乏必要的对报告文学观念上的思考,探索报告文学的文体属性与时代表达。

时代,是指某一民族在历史上所处的特定时期,包含这一时期特殊的经济、政治、文化以及伦理规范、审美标准等。所谓时代性,主要指作品所展现出的时代精神与时代的要求相一致,与历史的指向相契合,时代性是文学经典必不可少的要素。[①]韦勒克认为,文学是一种与时代同时出现的秩序[②],文学记录时代的发展变革。文学作为社会意识形态,深受社会背景的制约,社会背景反映一个时代的政治、经济、文化和社会发展状况,同时决

[①] 陈思广著,《审美之维:中国现代经典长篇小说接受史论》,四川大学出版社,2012年,第10页。
[②] [美]韦勒克·沃伦著,刘象愚等译,《文学理论》,生活·读书·新知三联书店,1984年版,第31页。

定这一时期的文学思潮、文学艺术观念,影响文学发展的方向,创作者的主流意识和思想、文本的选材及内容,文学形式的流向及变化等。

文学是社会的产物,社会具有时代性,文学是从时代与社会的土壤里孕育并生发出来的,没有时代和社会深刻烙印的文学是不存在的。鲁迅认为,"文学产生于社会现实,是社会现实的综合反映;而社会现实又制约着文学的内容和文学生产。"①文学与社会是一体的,什么样的社会意识存在,必然决定与规范着什么样的文学思潮、文学体裁和文学风格。文学的发展与社会的前进是一脉相承的。"文学是社会的产物,是社会历史的一个组成部分,它不可能孤立地、静止地、不变地存在于社会的任何时段。"②社会在变革中不断发展变化,文学是社会变革的动力,同时也是社会变革的"受益者"。"文学或直接反映或间接表现时代和社会的气息、潮流、动态和氛围。文学是时代的必然产物,是社会的客观存在;同样,时代是文学生成所必不可少的环境和气候,社会是文学产生所必不可缺的承载母体;文学与时代,文学与社会,原本就是无法割裂的同体互化的因果;文学必然与其产生的时代和社会休戚与共,命运攸关。"③因此,什么样的时代必定产生什么样的文学思潮、文学审美和文学成果,什么样的社会亦必定孕育出什么样的文学气质、文学风格和文学特性。文学需要时代和社会营造的环境和条件,时代和社会当然也需要符合其发展脉动的文学思潮、文学流派和文学成果。

20世纪30年代,茅盾说:"每一时代产生了它的特性的文学,

---

① 张秀枫、刘素敏著,《鲁迅散文精选》,二十一世纪出版社,2013年,第319页。
② 张俊彪等著,《大中华二十世纪文学史》第一卷,江苏人民出版社,2012年,第16页。
③ 张俊彪等著,《大中华二十世纪文学史》第一卷,江苏人民出版社,2012年,第18页。

'报告'是我们这匆忙而多变的时代所产生的特性的文学样式。读者大众急不可耐地要求知道生活在昨天所起的变化，作家迫切地要将社会上最新发生的现象（而这是差不多天天有的）解剖给读者大众看，刊物要有敏锐的时代感，这都是'报告'所产生而且风靡的原因。"①将报告文学作为一种时代的艺术形式来理解，这就从根本上把握住了它的特质，说明人们已建立起了比较完整的报告文学的文体意识。40年代，文学理论家周行提出，报告文学也是文学，它也有文学创作的独特要求和规律性，应有报告文学的独特写作方式，因为"报告文学显然不是一般的新闻报道，它是文艺的一种新式，是一种文艺作品，不能完全脱离一般文艺的法则的支配"。叶素在《文艺阵地》上指出报告文学的"疲乏"，是报告文学在其发展的过程中过于注重其"报告"的特质，而忽视了"文学"的特质，"作为艺术作品的报告，必须作品的本身成为现实的艺术的具体，现实的一部分"。报告文学作家的身份出现嬗变和变异，创作的内容和向度也出现转向，逐渐从对"报告性"的关注到对"文学性"的关注。

报告文学发生期在19世纪末至20世纪初叶，报告文学写作主体的身份主要以记者与学者为主，记者型的报告文学作家如黄远生、瞿秋白，这样的身份对报告文学文本的影响主要体现在新闻性和评述性的强化上。20世纪20年代中期以后，以茅盾、叶圣陶等人写作，以"五卅运动"为描述对象的《五月三十日的下午》《五月卅一日急雨中》，以及谢冰莹写作《从军日记》等文本为标志，报告文学写作主体中又增添了作家这一重要身份，作家型的如王韬、梁启超等。这表明文学性因素已逐渐浸入报告文学

---

① 茅盾著，《关于"报告文学"》，载《中流》，第1卷第11期，1937年2月20日。

文体之中，从那时直至20世纪末，报告文学写作主体的主流身份就是记者与作家。于是这两类身份作者所作文本，在一些论者那里被称为"记者型报告文学"和"作家型报告文学"。20世纪三四十年代，邹韬奋和范长江都是杰出的新闻工作者，《萍踪寄语》《中国的西北角》《塞上行》等作品新闻性和报告性较强；沈从文、苏雪林等是同时期的学者型报告文学作家。

　　记者型的报告文学，主要指报告文学作家群体由新闻记者构成，体现其新闻性、纪实性的特征，更倾向于新闻性，更关注报告文学的"报告性"，文学性主要是"报告"的一些艺术手段。"记者型"更偏重于对事件或问题的描述与分析，新闻记者敏锐的感受力和深刻的认识能力，使他们的报告文学创作在传达社会信息、分析社会现实方面独具特色。作为新闻记者，他们也塑造艺术形象，也让人物出面"现身说法"，但他们更愿意代替人物说话，艺术形象往往是作家思想和时代精神的传声筒。记者型的报告文学，在其创作过程中已经形成了明晰、确定的创作思想，叙述内容、需要解决的问题甚至作品的社会价值等，都已经充分考虑或者已经预置好了。记者的报告文学创作不是运用形象思维，而主要是通过一定的形象描写、抒情文字，以增强作品的艺术效果。从语言上来看，作品以新闻性语言为主，多议论性的语言；从体式结构来看，这些作品大多是片段的组合，而不能构成一个系统的完整的首尾相贯的整体。因此，邹韬奋和范长江的作品中"报告性"见长。

　　作家创作的报告文学则侧重于"文学性"，讲求作品的艺术创造性，其新闻真实性只是构成报告文学的一个基本的要素。作家型的报告文学，不仅仅是报告文学创作主体的变化，而且也是报告文学体式变化的重要标志。作家参与报告文学的创作，始于柔石《一个伟大的印象》,人物的形象描写、对话等,都可以看作艺术化的。报告文学呈现出两种样态,即"文学性报告"和"报告性文学"。

"记者型"与"作家型"报告文学作家群体存在明显的主体性差异,职业差异、性格差异、经历差异、审美差异等都主导创作风格和最终呈现出的文本差异,主体的气质与审美因素都成为主体创作中积累的资源优势,并演化为文本各自的特色。记者型报告文学作家由于长期的职业生涯经历,在文学创作中不免会将长期以来的新闻文本创作经历融入报告文学的文本创作中,凸显新闻性和批判性,更注重信息的收集与客观事实的再现,在"文学性"呈现上则稍显逊色,但其对于报告文学文体思想内蕴的贡献是显而易见的。如20世纪20年代—40年代大量的旅行考察报告,如范长江、邹韬奋、萧乾、麦天枢、钱钢、卢跃刚、张建伟、何建明、杨黎光等;80年代的"问题报告文学"多为"记者型"作家创作。卢跃刚说:"检索新时期报告文学,许多代表性的有冲击力的作品出自有记者背景的作家之手,比如麦天枢等。这些作家有强烈的'报道意识',写作题材大多是'硬碰硬'题材,重大题材,麻烦当然也最多。"①

作家型的报告文学作家,多着力于人物的描述,如夏衍、茅盾、宋之的、丁玲、周而复、沙汀、刘白羽、周立波、黄钢、魏巍、徐迟、黄宗英、陈祖芬、理由、肖复兴、李延国、徐刚、赵瑜、李鸣生、冯骥才等。不同报告文学作家的创作经历和文本特色也呈现出很大差异,如小说文体因素凸显的丁玲、沙汀、周立波、理由、冯骥才、李鸣生等,徐迟、徐刚、黄宗英等人文本中

---

① 王晖,《身份变异与文体嬗变——百年中国报告文学文体流变论之四》,载《海南师范学院学报》(人文社会科学版),2002年第4期,第10—14页。

的诗化，黄钢、宋之的等人文本中的电影蒙太奇、戏剧文体因素等。王晖认为，"这大多源于写作主体原来身份——小说家或诗人或剧作家所具有的熟谙某类文体规范的内质。他们给予报告文学文体以语言体式和叙述模式上的新启迪，并使之更具审美的意味。"①但随着报告文学文体成长为独立的文体，80年代以后报告文学作为时代的主流文体产生极大的社会影响，"记者型"和"作家型"显现出交错现象且"记者型"的报告文学作家向"作家型"过渡，专职性的"作家型"报告文学作家身份逐渐增多并成为主流，诸如徐迟、黄宗英、陈祖芬、麦天枢、钱钢、乔迈、李延国、孟晓云、贾鲁生、赵瑜、卢跃刚、李鸣生等，作家型报告文学作家成为报告文学领域的"领袖式"人物。

　　基于时代的发展，社会矛盾的转化，读者需求的变化，文学体式的建构要求也发生变化，报告文学文体也在动态的发展进程中不断探索其时代属性与价值表达。报告文学"文学性"的逐渐增强标志着文学体式的发展已趋于成熟和完善，报告文学由此进入发展时期的兴盛阶段。报告文学作家运用文学方法进行艺术表现和艺术形象的创造，使报告文学从文学的初级阶段走向高层次，注重人物形象的刻画，着重刻画活的、动态的文学画面与图景。作家通过典型形象对现实社会和生活进行高度概括和艺术表现，将新闻的真实性和文学的技巧充分融合，增加作品的文学活力。报告文学作家站在时代的前沿，对那些被摄入视野的新闻事件、人物进行新的思考，注入一种文化内涵。报告文学逐渐发展成为带有明显个体特征的文体，形成自己生长和发展的空间，增加文学性，提高报告文学文体的灵动和自由。"现在报告文学的

---

① 王晖，《百年中国报告文学文体流变论》，学位论文，苏州大学，2002年。

历史使命已经完成，我们有必要将它交还给历史。"①评论家阎纲认为，报告文学的阅读过程是审美的过程，报告文学的属性是文学，是迫切的人文关怀，是人性人情的新深度，是心灵的抚慰和超越，是让人在美学享受中受到感染的文学形式。

为了满足时代发展和读者需求，一部分作家曾尝试借鉴其他体裁作品的艺术手法，以增强报告文学的文学意味，电影的蒙太奇镜头组接手法被大量作品借用，心理描写以及其他艺术技巧也普遍地引入报告文学的创作中。一种文学样式被打乱并尝试着样式的翻新时，必然导致理论与创作上的某些困惑。

第三节 作家关注焦点变化：从素材的敏感到对审美的观照

文化生态的变幻，报告文学作家自觉不自觉地改变着自我角色和形象，那种纯粹的作家型或记者型报告文学作家都无法适应时代需求，因此，新时期报告文学作家身份多元化，经历多样化，如周立波、沙汀、丁玲等作家，有过做新闻记者的经历，他们主要是以作家的眼光看现实生活，以作家的艺术手段表现生活，但创作中又总是具有记者式的敏锐与深刻。章罗生说："新时期以来的报告文学向'新闻性'提出了挑战，回顾新时期以来的报告文学史可知，它的发展、壮大与'独立'，一直伴随着对'新闻'母体的挣脱与对'新闻性'观念的'突破'。"②

纵观中国报告文学发展的历史，20世纪30年代，记者型的报

---

① 黄浩、黄凡中，《报告文学：文体的时代尴尬——对报告文学"生存艰难"的本体质疑》，载《北方论丛》，2009年第1期，第54—57页。
② 章罗生著，《报告文学新论——从新时期到新世纪》，湖南大学出版社，2012年，第126页。

告文学作家要紧密关注社会变化,敏感地察觉时代和读者的需求,审慎的选择素材。"一个新闻记者,他就首先要脱去以自我为中心的世界观,学习观察这个客观的社会和世界。"40年代,报告文学已开始向集合体发展,体式上更接近于现代意义上的报告文学,不仅仅是描写一事一物一人一场面的报告文学作品,而是融事物、人物、场面于一体,大跨度、大场面的报告文学作品,在创作方法上超越了一般性的新闻报道或文学描写手法的作品。50—60年代,这一时期的报告文学出现浮夸、虚假的"真实性问题",严重影响报告文学的健康发展,但总体而言报告文学特别重视其新闻性、报告性和时效性。80年代中后期,问题报告文学崛起并出现"热潮",以矫枉过正的偏激和所谓"文学性"的牺牲为代价,而将传统的"政论性"发展成一种新的理性,并将其推向极致。徐迟、理由等作家的报告文学都不同程度地打上了那个时代的政治印痕,政治情怀淹没艺术情怀,艺术叙事让位政治叙事。随之,90年代以来"反思报告文学"作家以审视的眼光透视生活,重新审视过去那段痛苦经历,努力通过片段的生活表现人生的全部意义,由此带来作品结构样式和叙述方法的变化。反思性报告文学更多是对历史的回顾,丰富地蕴含着历史的认识价值,新闻价值弱化,报告文学的内部结构、对社会现实的审美感受及其思维结构发生了变化,作家追求报告文学故事化、情节化。

新时期之初,报告文学作品在追求文学性和艺术化的探索过程中,被包裹在朦胧、模糊的文学观念之中,"看了大量报告文学稿件,发现文字上一个极普遍的毛病:通讯味。写事,则何时何地发生了一件什么事;写人,则先发奖,后过程,爱人的埋怨和孩子的遭罪……不要说千篇一律,就是十篇一律,也没多大味了"①。新时期,报告文学在艺术化发展上不断探索,逐渐从关注社会热点事件、素材的敏感的"新闻性"特质向小说化、诗化的方向发展,实现报告文学体式上的"诗化"倾向,这也要求报告文学作家追求作品的故事化、情节化,要求作家凸显作品内部结构和叙事方式的变化。作为一种有着近百年历史,呈线性发展状态的文体,报告文学在自身文体演变的进程中,其文学性在各个不同发展阶段都有着不同的表现,在审美观照的嬗变中逐渐被确认,欣赏价值的不断增强,使得报告文学呈现出绚丽夺目、多姿多彩的开放性姿态。报告文学的审美观照还表现在:

首先,报告文学叙述结构的变化。成熟的文体追求文学的结构艺术,报告文学逐渐脱离一人一事的线性模式走向多元化的结构方式,出现"全景式"线型结构和"集合式"非线型结构。在报告文学逐渐成熟期,单纯的叙述、描写同时加入叙述者的主观评价,从一般线性结构转化为叙议结构,"全景式"不再局限和拘泥于单一事件或人物的叙议,而是以某一重要事件为叙说主体,多方位、多层次地展示其萌生、发展、高潮和结局的脉络,如李延国的《在这片国土上》、马役军的《婚姻大世界》。报告文学十分注重篇章结构的构思,社会生活的复杂多变、千姿百态从某种意义上决定了报告文学的结构也应不拘一格、求新求变。开放性的报告文学结构方式,增强了作品的艺术容量,也带来了报告文学的可读性,实现报告文学更高层次的艺术创作。

其次,报告文学注重塑造人物,关注人物心理描写。报告文学追求艺术表现的典型性,不仅包括典型人物形象,也包括典型现象、典型问题。新时期初的报告文学作家往往选择单一的

---

① 王兆军著,《量体裁衣》,见《报告文学作家网》,光明日报出版社,1985年,第26页。

人或事作为对象，塑造了不少血肉丰满、富有典型意义的人物形象，如肖复兴的《海河边的一间小屋》中小说化人物心理描写，《二十一岁的时候》《足球教练的婚姻》《一个成功者的自述》等作品在以人物心理活动结构作品时，也都表现出小说化的特点。如柯岩《船长》中的贝汉廷、陈祖芬《祖国高于一切》中的王运丰、麦天枢《土地与土皇帝》中的李计银、黄宗英《大雁情》中的秦官属，这些或正面或反面的形象丰富了文学人物的画廊，给读者留下了深刻的印象。

再次，报告文学着力创造一种艺术氛围，在富有诗意的描写中，表达作家的某种思想、意念。《桔》《星》《还是那双眼睛》等作品，作家纷飞的情思，抒情诗的语言，描绘了诗意的画面，人物也往往富有诗意，意境构成在这些作品中被作为主体结构而出现。报告文学的小说化、诗意化，说明作家们试图摆脱报告文学的通讯味，寻找文学意味更强的形式。作为文学体式的审美追求，报告文学的文本必然要求作家有着精心的建构。新时期以来，伴随着报告文学"大国"地位的崛起，报告文学对"文学性"的强调与关注明显增强，"文学性"不只是"附庸品"。章罗生认为，报告文学的"文学性"整体上表现为"非虚构美""崇高美""理性美""综合美"等。

最后，报告文学追求特色的语言风格。文学作品的第一要素是语言，报告文学也不例外。报告文学不断汲取小说、诗歌、散文的语言营养，还有着自己的特色，即报告性和真实性决定了语言必须力求准确精练，必须极富表现力。一个成熟的报告文学作家都有着自己鲜明的语言特色，刘白羽激昂火热，徐迟冷静睿智，柯岩诗情洋溢，黄宗英明快清晰，陈祖芬潇洒利落，理由沉着含蓄，李延国热情机智，麦天枢沉郁内敛……各有所长，不一而足。正是这种语言风貌的丰富性和多样性，构成了报告文学审美性的多维表现。

第四章
优秀报告文学作家:文体意识·主体意识·文学意识

"报告文学是一种独特的文体,'大师'的产生更是可望而不可即,除了社会条件赋予,也需要作家个人的天赋、经历、思想深度和精神高度等。"[①]正如冯牧说:"报告文学大师们所达到的高度,是同他们所经历的巨大历史变革以及他们对于无限繁复的社会生活的深刻思考和精确剖析分不开的,也是同他们对于艺术形式和文学手段的孜孜不倦的追求和创新分不开的。"[②]报告文学领域长期存在着领军人物,他们有高质量的代表性作品、广泛的社会影响力、自觉的文体意识、独立的主体意识与坚定的文学审美追求。

第一节 文体意识·主体意识·文学意识

"所谓文体意识,即一个人在长期的文化熏陶中形成的关

[①] 王晖、丁晓原,《作家文本与理论——关于晚近报告文学脉象的对话》,载《中国作家·纪实》,2007年第4期。
[②] 冯牧著,《冯牧文集·评论卷》,解放军出版社,2002年,第269页。

于文体的或明确或朦胧的意识。"①文体，是文学作品的话语形式，是文本的结构方式，指不同作家笔下，不同语言体式所形成的文体风格，没有文体的作品被视为艺术上不成功之作。独立的文体意识是报告文学走向成熟的重要标志。报告文学是近代文化转型的产物，发生期的报告文学是一种自发性的文体，作者并没有某种文体意识，尚不具有完全的形态。如果说，文本是一种特殊的符号结构，那么，文体就是符号的编码方式。文体意识是写作主体的写作意识的最重要内容，是不同文章体裁的性质、特点、规范、规律和要求在主体心理上的建构，即在主体精神世界形成文章图样意识。在作家的精神结构中，有一个与文体创造关系尤为紧密的方面，即作家的文体意识。明确的文体意识对于写作主体的读写实践尤其重要，只有具备明确的文体意识，才更有利于实现成功的写作。

报告文学文体的逐渐成熟与强化，不仅是一种表现形式的转化，也是深层次上思想内容变化的延伸。报告文学文体的独立成熟，首先表现在报告文学语言结构的成熟，多元化、艺术化并与其他语言体式相交以至兼容的态势。其次，文体的存在方式虽然是语言，但它却由作家创造，是作家个性的表现，体现了报告文学作家的个性心理特征的成熟。再次，文体不仅与创造者相关，也与接受者相关。报告文学文体的接受、文体的效果基于读者的需求发展。最后，社会文化土壤是基础，报告文学文体的建构和阐释都是在文化背景中进行的，其成熟与发展是社会文化现象，应从社会文化的视角审视。作家文体意识的产生首先要从他所处的文化关系中加以考察。"个人在做什么，信仰，思维和感觉什

---

① 陶东风著，《文体演变及其文化意味》，云南人民出版社，1994年，第99页。

么，这不由个人，而由文化和环境决定。精神只是文化的一种反射，只有通过思考文化，才能使人类意识成为可以理解的东西。"①

童庆炳认为，"文体是一个开放系统，一方面折射出作家独特的个性特征、感觉方式、体验方式、思维方式、精神结构和其他社会历史、文化精神；另一方面，正是作家独特的个性特征、感觉方式、体验方式、思维方式、精神结构以及特定社会历史、文化精神，促使文体的形成。文体的背后永远存在着深隐的原因。"②报告文学文体意识的自觉和作家主体意识的成熟密切相关，作家主体意识是文体意识的条件之一，作家主体意识成就了报告文学的文体意识。报告文学的主体意识，指报告文学作家作为知识分子，坚持独立判断与选择，能够以理性的眼光和冷静的态度来观察与对待社会生活现象，有比较清醒的是非评判，独立表达自己的社会见识。报告文学是作家对于真实社会信息感受和独立自主表达的产物，是在对很多信息选择之后做出的回应和自我表达。

报告文学作家的主体意识，包含了自主性、自觉性和创造性几个方面。首先，表现在坚持独立写作，屈服于事实和真理，自我价值明确，他们的创作体现了主体选择与个人价值；其次，报告文学对文体自由的追求，包括写作方式与内容上的选择，也体现了一种主体意识。能够摆脱以往的创作定式、经验，进行自我选择和支配，实现自己的创新价值，也要求改造主体自身，使主体修养达到一定境界，报告文学作家必须具备较高的审美修养与

---

① [美]怀特著，沈原等译，《文化的科学》，山东人民出版社，1988年，第178页、第181页。
② 童庆炳著，《文体与文体的创造》，云南人民出版社，1994年，第183页。

心理文化素质才能真正获得创造的自由；再次，能动的创造性是实现创作自由的依据，形式创造力、形象塑造力以及内容创造力都要与自主意识结合起来。正是因为作家自主意识的觉醒，知识分子题材、改革题材、社会问题报告文学才得到了充分的发展，也正是由于这种创新的自主意识才使史志性报告文学和宏观全景式报告文学破土而出并形成了相当的局面。报告文学作家在创作每一篇、每一部作品时，自觉追求其个性化风格，追求对社会现实的理性思考、审视和判断，使作家个人的学识修养、使命感、忧患意识和价值取向等能在作品中得以充分的展现，使作品具有感人的力量，从而对社会产生积极的影响。

　　报告文学为了强化文体意识，它首先必须松弛自己的紧张神经，使文学性的细胞能够得到充分的复苏。①文体意识的自觉与主体意识的觉醒，优秀的报告文学作品逐渐关注报告文学的"文学性"与"审美特质"。将报告文学的生命力和文学性紧密相关，没有文学性的报告文学注定没有生命力，关注报告文学的语言风格、文体结构、艺术形式的变革，打破了过去几十年间报告文学只能在小说、散文和新闻特写等形式的刻板临摹中徘徊的局面，"文体意识"的日趋自觉，使作家们努力创造出报告文学的多种样式，重视谋篇布局、环境渲染、细节运用、典型塑造、多元叙事等艺术手法的综合运用，增强了作品的艺术感染力。文体结构上，在传统的一人一事描述的基础上，出现了如《唐山大地震》那样的全景式结构以及如《中国农民大趋势》《中国的"小皇帝"》那样的集合式结构，它们突破了过去报告文学对事件所作的"平面"叙述，将某一社会热点问题的诸种现象（事件

---

① 范培松著，《报告文学春秋》，吉林文史出版社，1989年，第101页。

或人物）做并列连缀组合，以此来共同表达某个主题，显现其理性的思考。表现手段上，作家们广泛吸取诸种文体形式的特长，将其作为报告文学艺术表现手段的重要组成部分，许多作家因此也形成了自己的风格。如徐迟、柯岩用诗的语言写报告文学，着意在作品中创造诗化境界，写得激情澎湃，文采盎然；理由、刘亚洲写人叙事多用小说式描写；黄钢、黄宗英、陈祖芬运用电影蒙太奇、戏剧式对白等手法，使作品显得跌宕多姿，有较强的节奏感与信息量；肖复兴作品散文式的清新笔调与境界，麦天枢、徐刚、贾鲁生等调查报告式的数据组合和论文式的逻辑力量都表明了多样化的艺术个性。

李炳银评价新时期报告文学的特点有"作家分明的文体意识和创造自我作品风格的欲望；从单一的人事报告转向对生活的整体观照；形式多样，作品有传记体、事件报告体、问题研究体、全景鸟瞰体、口述实录体等等"[①]。新世纪，报告文学的生存和发展必然要强化本身的"文体意识"、作家的"主体意识"和文本"文学意识"。

第二节　理由：小说中"出走"的报告文学作家

理由（1935年—），中国当代作家，新时期涌现出来的报告文学作家，创作生涯始于小说问题的创作，以《扬眉剑出鞘》《中年颂》《希望在人间》《南方大厦》《倾斜的足球场》等作品享誉文坛，著有报告文学集《她有多少孩子》《痴情》《纯情》

---

① 李炳银著，《生活·文学与思考》，解放军出版社，1996年，第300页。

《倾斜的足球场》《香港心态录》等。

1972年创作第一部小说《心里美》，随之出版《旱天雷》《珍珠渠》《山丹花》等小说。1977年，理由开始致力创作报告文学，作品取材范围极广，有体育家、科学家、艺术家、烈士、企业家、农民、工人、战士、罪犯、海外见闻等，初期作品注重人物心灵的开掘，注重环境气氛渲染，文字华美流畅，抒情色彩浓郁。1983年以后，理由提出"从热情的赞颂到冷静的叙述"的创作观，关注社会事件和社会问题的揭示，描写中排斥主观成分和文学加工及直接介入，"感情的渲染化为凝重的描述"。自1978年《人民日报》转载了报告文学《扬眉剑出鞘》，新华社随之全文转发，全国及各省市的大小报纸几乎也都刊载了此文，理由成为报告文学领域炙手可热的作家。

理由在1977年至1986年全国优秀报告文学评奖中曾蝉联四届全国大奖并于2002年获首届"徐迟报告文学奖"。理由的报告文学创作贯穿了整个20世纪80年代，成为这一时期我国最为重要的报告文学作家之一。李炳银评价说："那个时代，报告文学的兴盛，其原因来自一种新的文学观念的确立和新的价值取向的生成。前辈徐迟自不必说了，而理由该是那个时代报告文学颇具代表性的作家。"报告文学作家李青松说："那个时代，是报告文学的时代；那个时代，是理由的时代，理由时代昭示一种精神。"

理由，早期有广泛的小说阅读和创造经历，给后期的报告文学创作打下了深刻的烙印，他的作品擅长以小说风格和手法描写真实的人物和事件。从小说到报告文学的转向，不仅是时代的需求也是作者理由个人创作思想的变化，从虚构的小说艺术转向直接面对生活。理由说："我们经历了激扬沸腾的岁月，天翻地覆的变迁。而时代变化的主要标志，还是人的变化，人的精神的变化,人的关系的变化。写人,写人的思想,写人与人的关系,这是报告文学的中心。"①时代的需要、作家表达的需要和读者的需要的吻合,促成了理由转向报告文学创作,"春水消融冰川的生活现象,需要以敏捷的方式予以表现"②,于是他在新时期之初爱上了报告文学这种特殊的文化生态,为报告文学的繁荣创造了必要的条件,作者积累了很多年的感受需要释放,读者也渴望从文学作品里边得到交流与启发,那是整个社会性的潮流。

　　理由的报告文学,题材广泛多样,创作视野广阔,艺术上兴趣广泛,生活感受敏锐,善于驾驭各种题材,涉及社会生活的各个方面,反映平凡普通的人和事,以敏锐的目光捕捉生活中的重大变革。他的报告文学以1985年为界,可以分为两个阶段,1985年以前大多属于人物专题式的报告文学,创作之初较多写的是知识分子,华罗庚的《高山与平原》、童第周的《让我们活得更年轻》、林巧稚的《她有多少孩子》等。1985年之后,理由创作了《倾斜的足球场》《世界第一商品》等社会问题式报告文学,突破了单纯地以人物摹写为主的写作模式,全景式地反映重大的社会事件,拓宽了作品的表现时空和思想视野。如涉及教育主题的《访神童》,反映越南自卫反击战的《威震峡谷的大勇士》,建筑工程师共产主义信仰转化的《彼岸》,表现艺术家献身事业的《痴情》《请爱她》《倒在玫瑰色的晨光中》。理由主要作品有报告文学集《痴情》《她有多少孩子》《香港心态录》《倾斜的足球场》《浪迹萍踪》、通讯报告文学集《手眼神通》等、散文集《文学这个灰姑娘》。

---

① 理由著,《愿当小小的媒介》,光明日报出版社,1985年,第318页。
② 朱子南,《记理由》,载《苏州大学学报》(哲学社会科学版),1983年第3期,第15—80页。

报告文学创作之路上，理由引领着某种方向，在多种创作场景下，理由将小说创作和报告文学进行多维度的比较，"由于小说看得多，我的报告文印上了小说的痕迹"，"报告文学的产生是在于奔跑之中，年富力强跑得动的，尽量奔跑。对于报告文学不是损失，而是一种收入性的劳动。而小说的写作，则是支出性的劳动。我每写一篇小说，我就觉着肚子里少了一块东西，我每接触一次采访，就觉得多了许多东西"。①研读理由的报告文学作品，讲究角度的选取，讲究叙述的巧妙，讲究语言的准确。报告文学的文学性，在他的作品中得到了充分体现——报告文学小说化，这是理由报告文学的气质特征。研究理由及其报告文学作品，可以发现以下特点：

首先，作者秉持自觉的"文体意识"。这种文体自觉表现在作者由激情挥洒走向理性呈现，积极地调整着自己的写作路数，不断提高报告文学作品的品位和境界。理由创作之初，就从个人创作经历提出报告文学和小说的区别，"报告文学和小说，从表现形式来看，都属于叙事性文体；而其内涵，小说是虚构的，报告文学是真实的，两个又有天壤之别。因此，就艺术而言，它们是近亲，就内容而言，它们是远邻"②。"报告文学是不能像小说那样虚构的。当你在文章的题目下，写上'报告文学'文体时，你就要对文章的真实性负责，因为你同读者之间达成了一个默契，就是：我说的都是真的；读者一看是报告文学，也认为我可以相信。正是由于这种默契，报告文学在读者当中产生一种特有的亲切感，可信性。由此，带来一种艺术上的冲动力。也许它在情节上不像小说那么曲折，在人物塑造上不像小说那么丰富，它

---

① 李德堂主编，《文学的创作欣赏与研究》，文化艺术出版社，1986年，第174页。
② 李德堂主编，《文学的创作欣赏与研究》，文化艺术出版社，1986年，第165页。

受真实性的局限。作者无权依靠虚构去推动情节，去虚构人物。真实性不能丢掉，丢掉了真实性，就失去了报告文学它自己的独立的存在的价值，也就在文学这个山林里失去了它应有的一席之地。"①理由提出，报告文学是文学，要体现文学的功能，要以人带事。《扬眉剑出鞘》中，作者以饱含激情之笔，热烈歌颂了击剑运动员栾菊杰，作品通过她在击剑场上的几次表现，揭示了人物崇高的心灵和拼搏的精神，"千万不能叫人知道我受伤了。只要能把五星红旗升上去让我去死也干。拼，拼了！"随着对生活和创作的认识不断深化，理由开始有意识地减弱了在作品中过多地抒情和渲染，而是更多地让事实说话，以一种客观冷静的叙述态度来行文。如《希望在人间》《纯情》《特区行》《香港雨霏霏》等，作者很少评议，基本上不发言不表态，并未把自己的感触强加于读者，这一转型是作家自觉追求的结果。

这种"文体自觉"还表现在，对报告文学的文体性质和文体发展定位，报告文学既是新闻也是文学，报告文学的发展应坚持对"文学性"的追求。理由说："我们的报告文学需要再向前跨进一步，排斥主观成分，排斥文学加工，也排斥直接的介入，使感情的宣泄转化为凝重的描述……因为，形象化是文学的基本手段，含蓄是艺术的高妙境界，而无技巧则是超级的技巧。"理由说，文学性不在于华丽的辞藻，华丽的追求，真正的语言的更高的境界，是朴实无华。如《倾斜的足球场》是以一人一事的文体意识创作，再现事件或问题的写作方式，后运用多种描写手段，形象化叙述、设置悬念等小说笔法，超越事件的平面，进入人与人、人与社会关系的多重哲理思考，使作品成为一种富于现代感

---

① 李德堂主编，《文学的创作欣赏与研究》，文化艺术出版社，1986年，第169页。

的具有魅力的艺术形式。理由认为"报告文学需要从文学的河流里汲取营养，引进多样化的表现手法与艺术技巧"。在艺术表现手法上，理由较多运用小说的叙述方式和多样化表现技巧，在吸收小说手法的同时，又保持了报告文学的特性。《香港心态录》《元旦的震荡》这类以口述实录为主体的报告文学中，作者也没有放弃对人物作现场直击式的肖像描写或形象化叙述。可以说，用小说的叙述方式和多样化的表现手法再现独具特色的人物形象，是理由报告文学取得成就的一个重要原因。

其次，恪守报告文学的主体意识。理由认为，优秀的报告文学应是一种"思想发生器"，是一种激发读者思考的重要思想资源。"总之，报告文学作家在用一种自觉的独立意识去注意重大社会问题，给读者更多的思考和辨析。"[①]作为报告文学作家，其知识分子特称中所包含的强烈的社会责任感和历史使命感使他们选取报告文学作为向社会发言的论坛或通道，从而掀动起思想启蒙的大潮，参与着时代精神的塑造。理由不但热心于报告文学的创作，而且对于报告文学创作理论的探索也很用心，创作经验谈《文学这个灰姑娘》阐发了他的理论见解。理由在理论上的探索使他在创作时有更多的自觉性和自主权，成为作品质量不断提高的重要因素，促成理由在报告文学理论和实践的双向成熟。在中国当代的报告文学作家群中，理由称得上是创作与理论并驾齐驱、互动互进的成熟作家。创作上的丰硕为理论研究提供了丰富的素材和依据，而理论上的自觉也为创作方向提供了正确指引。理由在创作的同时，专注报告理论的思考，大致有以下几个方面：一是讲求采访艺术，提出"立体化采访"，指围绕要采访的

---

① 朱建新，《面对方兴未艾的报告文学世界——报告文学作家、评论家对话会纪实》，载《文学评论》，1988年第2期。

主人公，展开多种人物关系，即使是外围人物也要有所涉及，以期找到最能表现主人公性格的一组人物关系。二是关于报告文学的写作重心，理由认为"时代变化的主要标志，还是人的变化，人的精神的变化，人的关系的变化，以写人、写人的思想、写人与人的关系为主，这是报告文学的中心。写人，又必须同时看到人物的优点与缺陷，要表现人物复杂的个性，两者都不可偏废"。三是在报告文学的真实性上，提出材料的真实性与艺术的真实性这两个概念。他认为材料的真实性与艺术的真实性是并行不悖的。四是强烈的关注社会人生意识，细心地观察并严肃地思考，或正或反地提出一系列值得关注的重要问题。理由认为，"一篇文章的主题越是摆脱就事论事，透过个性去揭示共性，就越发反映了时代的真实、生活的本质。从千姿百态泥沙俱下的生活表象中挖掘出问题，这就是报告文学的真义所在。"

再次，多元追求报告文学的"文学性"。评论家陈荒煤曾称理由的报告文学为"报告文学小说"或称"新闻小说"，并充分肯定了理由对报告文学文体发展的有益尝试。他说："理由同志对报告文学创作的努力和贡献，恰不仅因为它兼有新闻的真实性，才能为文学所容纳，而是他运用高度的文学性更生动地表达了新闻的真实性，开拓了文学的新领域，又丰富了报告文学的样式。"[①]用小说的艺术手法描写人物，注意通过环境烘托、心理刻画和细节描写等，再现生活中的典型人物，是理由报告文学艺术美的集中表现。通过典型事件和生动的细节，着重写人，刻画人物个性，是理由报告文学创作的突出特点：一方面注意人物语言、行动和心理的"白描"；另一方面又注意用情节、细节作为

[①] 荒煤，《心灵的探索 时代的颂歌——〈理由小说报告文学选〉读后》，见《理由小说报告文学选·序》，北京出版社，1981年，第1页。

展示人物思想性格的艺术手段，作品中的人物富于立体感和鲜明的性格。《扬眉剑出鞘》在艺术上最鲜明的特色是成功地运用小说的笔法，刻画了栾菊杰的典型形象。作者不仅精心选择了一系列典型的事件，如马德里体育大厅里的决战之夜、赛场上变幻莫测的紧张气氛、栾菊杰意志如钢的奋勇拼搏等来集中刻画人物的坚强性格，而且细腻地描写了人物的肖像、动作、对话、心理活动、生活细节及生活环境，从多方面烘托、描绘出了人物的性格。

理由站在时代的高度，在平凡的生活现象中开掘下去，挖掘出深刻的思想内涵，揭示出平凡人物丰富心灵的天地；用细微的目光去研究生活中人的经历、特定性格、人物身上发生的悲剧与喜剧。然后便运用他娴熟的小说笔法，通过典型的事件和生活的细节，对人物进行精心的刻画。如《中年颂》成功地塑造了具有高度概括力的典型人物——毛纺厂的挡车工索桂清，从寻常中反映伟大，从琐碎中提升崇高。作品注意摄取细节，特别是典型化的核心细节用以人物立体的造型，整篇作品以反映家庭生活和工厂工作的若干细节连缀而成，形成动人的"细节链"，并有小说的细腻和生动。透过寻常的细节，可以看到一个普通劳动者的伟大灵魂，可以一睹中年这一代"社会的壮工，国家的筋骨"的生活状况和令人感奋的精神风采。理由笔下有举国敬仰的人民的好总理，有英姿勃发、为国争光的运动健儿，有对祖国赤胆忠心的自卫反击战中的无敌勇士，有献身"四化"、刻苦攻关的老科学家，有忧国忧民、慷慨悲歌的"四五"战士，这些形象个性鲜明，栩栩如生，跃然纸上。

最后，散文诗般的意境和诗化的语言也是理由报告文学的特色。浓郁的时代气息，饱满的生活激情，充满哲理性的议论，抒情性的语言，形成了作品飘逸洒脱的风格。报告文学的所思所感靠议论生发，议论便成为作品的血肉和脉络。作品《扬眉剑出鞘》中，作者情真意挚，充满了对运动员的钦佩之情，"激战前运动员的心里仿佛奏起了一只奇妙的乐曲，喷薄着为国争光的巨大热忱"。

注重文学艺术手法的运用，合理安排文本结构，在大量占有材料的基础上合理想象。注重结构艺术的"因势而雕"，结构严谨精巧，是理由报告文学的重要特色。如报告文学《扬眉剑出鞘》以倒叙设置悬念开篇，作者加以丰富的材料向我们展现了栾菊杰的生活道路。作家运用空间交叉的手法，三次写出新德里体育馆比赛场外，又三次收回到场内。《扬眉剑出鞘》精心安排结构，倒叙穿插，描写场面，提炼细节，使这篇作品波澜起伏，跌宕多姿，具有极强的艺术感染力，构思缜密，结构富有特色。以栾菊杰严重负伤送往医院起笔，造成强烈的悬念。理由说："《扬眉剑出鞘》是1978年3月在马德里的一场比赛，我国击剑运动员，出人意料地在手背被刺穿的情况下得了一个亚军。我得到这个消息已经是4月份了，当时现场，我们没有一个记者或摄影师留下记录，我只能追踪采访，没有想象，怎么能写出作品呢？当然这种想象有别于小说的想象，小说往往是通过想象去推动情节的发展，去丰富人物的塑造，因此，它是广义的虚构。而报告文学的想象在于作者去调动各种各样的艺术手法，去还原当时当地发生的事件和人物。如果把小说的想象叫作创造想象的话，那么报告文学的想象可以叫作再造想象，很多细节的描写，不得不依靠作者的拨情度理去还原。"

理由的报告文学执着地追求"美"，理由说"我在报告文学的写作中固执地追求美好因素，美的形象和美的诗意，好像伴着美的旋律在跳圆舞曲"①。理由的报告文学总是写人的一颗美丽的心灵，而且从思想和精神生活方面去审视人的价值和人的价值观念。他讲究采访艺术，重视作品的新闻真实性，他重视人物形象的塑造，在对事件进行综合概括的基础上，致力于人物性格特征的刻画，努力发现、挖掘、剖析社会主义新人丰富的心灵特征，他善于汲取小说、电影的表现手法，在结构上大胆创新。他认为，一个报告文学的作者，"应学习玉石艺人的匠心和技巧，善于利用天然材料的形态、纹理和色泽，因势而雕，琢出精致的玛瑙盘，盘中有物赫然突露，却又浑然一体，并在一定角度的光线照射下熠熠闪亮，吸引着观众投来一瞥，或止步流连……"

第三节 赵瑜：特立独行的"硬汉"

笔者的博士论文是研究赵瑜的体育报告文学系列作品，因此对其作非常熟悉，从社会学视角研究赵瑜的报告文学，更多关注其社会价值和社会反映，在充分了解其作品引发的社会关注和反响，而赵瑜本人"岿然不动"甚至"无动于衷"；在得知官方、社会、媒体、群众的嘈杂之声，赵瑜有时竟然可以"背着行囊去远行"，笔者内心涌起的第一感受是"硬汉"，是"特立独行"。

赵瑜的体育系列作品《强国梦》《兵败汉城》《马家军调查》《篮球的秘密》等体育报告文学作品，是体育领域迄今为止最为成功的体育报告文学系列作品，在读者心中留下深刻的"印记"。首先是赵瑜个体实践经历的表达，是个人生活经验的叙

---

① 理由著，《痴情》，四川人民出版社，1981年，第221页。

述、思考与价值判断,更重要的是作者赵瑜早年的体育参与经历和长期浸润在体育圈内的深厚情感。体育曾作为赵瑜"谋生的工具",在少年时期解除物质和精神的双重匮乏,在人生关隘时成为其精神寄托。赵瑜作为体制内的运动员,有长期的体育参与经历,对体育界有近距离的观察和长久深远的思考。当他走上报告文学创作的探索之路时,长期把玩体育,游于其中,集思考、调查、访谈于一体,体育成为他最熟悉的领域,尝试写作自己熟悉的内容,体育"首当其冲"。山西长治地区群众体育发达,山西作为军事重镇,群众体育基础雄厚。同时,"文革"期间,为响应毛泽东同志1966年的"五七指示"①,原国家体委在晋东南地区的屯留县航空基地(目前划为长治市内,距离市区十几公里)办五七干校,截至1969年国家体委七百七十多名干部下放到山西屯留航校(滑翔学校)②,包括体育报社、北京体育学院、体育科研所、规范体育俱乐部、训练局及国家体委机关③,连家属一共下去约两千人④都是改造对象⑤。当时五七干校很多名人,运动员、官员、教练、学者,赵瑜常去五七干校玩儿,其父是晋东南地委宣传部部长。当时赵瑜不知从哪里鼓捣到一个破吉普车,也没有驾照,自己鼓捣就会开了。本着年轻时候对名人的崇拜,赵瑜经常开车去五七干校看名人,就和体育结下不解之缘。

孩童时期,赵瑜就一直在运动队里,因为这里可以吃饱饭,还发运动服穿,赵瑜逐渐从对体育的物质依赖转化为精神依托,

---

① 张晓义、张辉,《新中国参加赫尔辛基奥运会始末——熊斗寅先生访谈录》,载《体育学刊》,2008年第11期,第1—3页。
② 王鼎华,《在那段难忘的日子里——回忆"文革"期间我任国家体委党组秘书的往事(上)》,载《秘书工作》,2008年第12期,第44—46页。
③ 王鼎华,《被点将入主国家体委的王猛》,载《领导文萃》,2008年第9期,第76—79页。
④ 王丁,《元帅之后有猛将——深切怀念特殊时期主政国家体委工作的王猛同志》,载《秘书工作》,2008年第8期,第11—13页。
⑤ 刘德佩,《新中国体育五十年》,载《解放军体育学院学报》,1999年第3期,第1—6页。

并慢慢成了一个跟体育分不开的人。赵瑜混迹在不同的运动队，最初在晋东南体委运动队，这是一个组织十分发达的地区级体委，拥有航模、摩托车、自行车等少见的运动项目。年龄偏小时赵瑜选择学游泳，响应毛主席的号召，到全国各地广泛开展游泳表演和竞赛。游泳队解散后，赵瑜进入篮球队、田径队训练，这是两个新队，除乒乓球有室内馆常年不散，其他项目由于场馆问题常解散，在比赛前期才集训。"文革"期间，运动员在运动队的服装、饮食都是同时期中条件最好的，还有些微薄的学徒工工资。由于对物质的依赖，体育成了赵瑜不错的委身生活的选择。文化生活的枯竭和运动队优良的生活条件客观支持当时群众体育的开展，成就其蓬勃发展的局面。

青少年时期，赵瑜全家从长治地委家属院下放到晋城八公化肥厂，父亲是化肥厂副主任，赵瑜成为小工人，那年十五岁。当时刚下放，赵瑜不懂化工知识，十分怀念运动队的日子。此时晋城县比赛选拔队员，赵瑜参加地区体委自行车运动队，从青少年队进入职工队。当时，赵瑜不仅吃得好、穿得好，而且很自由，不像在厂里精神文化生活很苦闷。运动队物质生活相对富足，时不时发一双"回力"牌的篮球鞋，对当时的社会青年来说是一件很奢侈的追求，运动队经常会发新衣服或袜子、上衣、绒衣，赵瑜在运动队的生活令人羡慕不已。

成年后，体育成为赵瑜热爱的事业。赵瑜从八公化肥厂进入长治汽车修配厂做篮球教练，转职工队，后进入晋东南交通局主管晋东南地区篮球工作，负责赛前训练和技术指导工作，其间在晋东南自行车队兼任男队、女队总教练，男队运动员。1979年山西省自行车运动会上带领队伍取得女子团体第三名、男子团体第四名的成绩，之后开始转向职工篮球，在交通系统做篮球教练，后扩展为地区职工队。直到后来上了晋东南师专，赵瑜才告别体育。赵瑜说："体育帮我渡过'文化革命'的难关。除去本职工作，最熟悉的就是体育。"

体育参与经历伴随赵瑜的"前半生"，不仅是兴趣也是最热爱的一份工作，满足赵瑜物质和精神生活的双重匮乏，深厚的体育浸润的情感同时也引发了赵瑜对体育的思考与"批判"。赵瑜亲眼见证了"文革"后中国体育的变化，随着社会群众体育淡化，厂矿之间比赛逐渐取消，群众体育和国家体育脱节，体育专注拿金牌后和群众关系也不大。赵瑜说："我热爱体育，希望体育成为群众健康的来源，希望病人少一点，青少年能德智体全面发展，担忧没有体育怎么面对生活，这些思考在搞正式的文学创作之前已经在我心中萌芽，生根。"体育在取得很大成就的时候（盛产并专注金牌），引起了社会广泛关注的批评意见。"文革"期间群众体育活动的广泛开展和"文革"后群众体育活动的匮乏之间的强烈对比，引发了作者赵瑜的关注。

赵瑜创作《强国梦》的直接动机是第二十三届洛杉矶奥运会，此文一出，在全社会引发强烈关注。奥运会盛况与中国群众体育发展现状形成鲜明对比，给人们带来了巨大冲击。赵瑜的家在太原白求恩医院对面，每天上下班经过医院门口都看到医院有很多病人，拖拉机、毛驴车拖着病人、盖着被子在医院门口排队。每次经过时，赵瑜想这些人和体育有什么关系呢？体育和百姓有什么关系呢？体育只有看的权利，没有干的机会，老百姓丧失了体育的权利。在实践中作者逐渐形成了《强国梦》的构思，后赵瑜到北京找到体育学界"泰斗"卢元镇老师，将想法和盘托出，并获得支持和肯定。随后，赵瑜开始查阅资料，采访了大量体育领域的专业人士，两个月后完稿，于1987年交给《当代》

杂志社。《当代》对作品的社会价值和文学价值表示认可,"赵瑜为这个时代提供了一部真正有社会价值的报告文学。我们刊出这样的作品,是为了一种理想,作品敢揭露是为了疗效,促其奋发。"

《强国梦》和《兵败汉城》奠定了赵瑜作为报告文学领域的杰出人物,为其之后的报告文学创作生涯打下一片疆土。体育具有专业性,一般的作家很难写出体育的精髓与玄妙,多年的体育参与经历,从运动员到教练员,赵瑜对体育有深厚的情感、深刻的思考,深谙体育发展的价值与问题,作为从体育中走出的"体育人",赵瑜具备了写《强国梦》得天独厚的优势,"远非他人所能及"。正如陈可辛在拍摄电影《中国女排》(后改名为《夺冠》)时说:"这是我自己拍过难度最大的电影,在场有很多排球教练帮忙把关,其实我也看不懂,为什么说这个球好,那一个就不好呢?体育的专业技术性很强。"①作为体制内的运动员,长期的体育参与经历赋予赵瑜对体育深厚的情感,能深切理解体制内运动员,因此当他走上文学创作道路的时候,便成为体育的"觉醒者",发挥文学"铁肩担道义"的精神追求,走出个人情感的文学化叙事,展开对体育的宏观控诉。赵瑜对体育背负复杂而沉重的情感,但文学"铁肩担道义"的精神和报告文学作家的问题意识与批判精神,使他必须坦诚面对爱恨交织的情感,于是他写出了心中的"怒其不争,哀其不幸",以大量的体育现象驳斥金牌和体育本质的背离,举国体制下塑造的运动员成为"夺金的工具",文化教育的缺乏使其成为"半拉子人"。对体育的全方位批判,实际也是赵瑜"揭自己的伤疤"。赵瑜出身运动员的经

---

① 新华社,《〈中国女排〉未映先热,国产电影迎来"体育年"》,http://baijiahao.baidu.com/s?id=1647901684976590190&wfr=spider&for=pc.

历,也是体制内塑造的身心不健全的"半拉子人"的代表,只是对体育的热爱之情无处宣泄,赵瑜便稍显极端,迫切希望一次性解决中国体育问题,以彻底的改革为手段使中国体育走上良性的发展之路。

路云亭认为,赵瑜的控诉是一种个体失败情绪的转移和逆反,"由于种种原因而未能跻身一流竞技者行列,对体育产生巨大的遗憾,显示出其排斥或抵触中国现行体育体制的内在诉求,受到中国主流体育人的抵触"①。体育作为公共领域的宏大叙事话题,成为赵瑜文学创作中影响力最大的文学成果,体育系列作品奠定其作为报告文学领域有影响力的作家。四部作品对体育的全方位批判,实际也是作者赵瑜揭自己的伤疤,将个人经历和感受置身其中,以其对体育的认知和情感为依托,但脱离个人化的叙述,从宏观的全景化视角切入,控诉国家体育发展理念的失衡和体育管理体制的弊端,对国家体委造成冲击,国家体委震惊不已。

四部作品是创作者赵瑜对体育经历和体育情感的真实表达,正是由于对体育"内幕"的真实了解,作者才能在冠军文学盛行之时,发出"金牌岂能一俊遮百丑"的呼声,以敢为天下先的勇气在金牌盛行之时率先批判金牌,评价体制的不合理,敢于挑战体育领域的权威性。体育具有专业性,不是圈子里的人很难懂,专业写体育的作家人数很少,不了解体育的人对创作素材的选取及创作激情难以把握。运动员懂体育,但是能成为作家的很少,一些体育专职记者和体育科研工作者囿于体制不能写,于是赵瑜以"铁肩担道义"的知识分子使命感和责任感,将体育不为人知

---

① 路云亭,《中国体育人的"原罪"身份——基于文化学原理的中国武人后裔生存处境考察》,载《民俗研究》,2017年第4期,第127—136页。

的一面表达出来，开启民众对体育的反思。

体育参与经历为赵瑜体育报告文学创作打下坚实的基础。体育赋予个体强健的体魄，同时也塑造人的性格，赋予人敢于创新、敢于碰硬、敢于冒险的特质。多年的体育参与经历中，体育精神锻造其强烈的主体意识、个性和批判精神；体育运动队的成长经历使赵瑜有着强烈的团队精神，在生活中对朋友包容和忍让，对身边人细致关注，朝气蓬勃；同时在运动队中成绩较好，参加全国各地的比赛，参加过多种运动项目，运动的自信赋予他独特的个人魅力。四部作品的创作得益于他深入挖掘体育事件背后隐藏的事实。对事件的深入挖掘要求作家首先要具备敏锐的选择题材和事件的能力；其次要求作家有平民思想，能和群众打成一片，获得群众的信赖，深入群众、扎根群众才能获得最真实"一手"的资料；最后，深入调查需要作者有坚持不懈的精神，遇到挫折困难要思想灵活，学会灵活应变，能吃苦耐劳，忍受各种恶劣的自然环境和社会环境。这些优秀的品质都和赵瑜的体育参与经历有关，体育对人格的塑造和人才的培养有着密切的关系。

赵瑜的运动能力很强，各项运动项目都很擅长，在生活中很有魅力和号召力。经常有人去找他询问"练"体育的经验，他会指导身边的朋友。赵瑜年轻时体魄健壮，很义气、汗性，愿为朋友两肋插刀，有领袖气质，在朋友中很有权威，经常领着一群化肥厂的年轻人打篮球、骑自行车训练。体育参与经历带来的团队精神和他的性格有着密不可分的关系，竞技运动的规则性造就人直爽、坦诚、不拐弯抹角的性格，同时团队生活让赵瑜特别善于和人交往，迅速打成一片，因此朋友很多。体育运动的团队精神让他终身受益，朋友遍布各个领域、行业，并且朋友们都很信赖他。赵瑜阅历深，勤勉、执着，对人性和社会底层了解，在社会性格的塑造中环境影响很大，所以赵瑜很痞气，并有着深厚的群众基础，这也是后来每次采访都十分扎实深入，能获得关键信息的重要原因。

赵瑜说："我在创作中不断总结自己的特征，因此坚持自己最熟悉的题材，一路创作。每一个作家最开始写的一定是自己最熟悉的东西。"这种熟悉基于情感的基础，正如赵瑜写《强国梦》之前，已经有些写作经历了，没有轻易地去写体育，但赵瑜认为"我迟早会写体育"。1976年，赵瑜在运动队，一次偶然的游历经验，写自己的出游经历和感受的《重游老顶山》发表于《长治日报》；20世纪80年代初，赵瑜调动到地区交通局工作，于是写成了散文《玉峡关纪事》，获"山西首届赵树理文学奖"；1985年的《中国的要害》依然坚持写自己熟悉的交通，在地区级刊物《热流》发表，并被《新华文摘》全文转载；1985年发表第一篇报告文学《新形象之诞生——马朝亮的高度》，写煤炭主题，获得煤炭行业"乌金奖·矿工最喜爱的作品"，这些题材都和赵瑜本职工作密切相关，是最熟悉的领域鼓励了当时年轻的赵瑜，成就了他一路走来的文学创作①。

文体意识中，有"文品如人品"的研究，赵瑜的作品和反映一如他的人品，默默无闻，低头做自己的事情；坚持写作，写自己熟悉且擅长的领域。丁晓原说："报告文学的领军人物，北何南杨是的，赵瑜也是的，尽管他埋头写作，写作之外好像不太'吱声'。"②赵瑜作为"跨世纪"的报告文学作家，被看作创作

---

① 赵瑜个人文学创作经历部分，均来自个人博士论文。
② 王晖著，《时代文体与文体时代——近30年中国写实文学观察》，人民出版社，2010年，第341页。

方面的铁笔圣手，不仅坚持报告文学写作，而且还更难能可贵地一直坚持着报告文学的批判性品格。熟悉20世纪80年代中国文坛的人不会忘记赵瑜这个名字，90年代中国电视界也都熟悉赵瑜这个人，单就赵瑜的没有放弃报告文学写作本身，就足以说明他身上有着一种令人敬畏的坚定岗位意识。赵瑜是报告文学领域文体意识和文学意识的优秀实践者，但赵瑜作为社会赞誉度极高的作家，更重要的是作家本身的主体意识体现。

在文学史尤其是报告文学史上有独特而重要的意义，已形成具有丰富文化内涵的"赵瑜现象"[1]。赵瑜一直致力于报告文学的文体建构与形式探索，创作中文学性凸显，主要表现为：第一，对文体结构、形式的探索；第二，叙述语言的创新。"报告文学作家中，有文体意识的，赵瑜先生要算一个稀罕的品种。"[2] "在中国当代文坛，赵瑜对于中国报告文学创作的创新与探索，特别是在文体上的种种实验，相信是有目共睹的，每部作品问世，都会有体例和构架的创新。"[3]

赵瑜的"硬汉"气质表现在无论作品社会反响与评价如何，无论引发的社会关注程度如何，赵瑜都以超乎寻常的"冷静"去应对，这正是其特立独行的体现。以赵瑜的体育报告文学系列作品引发的社会反响为例，《强国梦》《兵败汉城》《马家军调查》《篮球的秘密》四部作品横跨体育领域和文学领域，中国作家协会对每一部作品都表示支持，更多是从文学的文本价值予以肯定四部作品的创新性和在文学领域的地位。以国家体委为代表的体

---

[1] 章罗生，《赵瑜报告文学对中国现代文学传统的继承及其意义》，载《南京师范大学文学院学报》，2011年第3期，第118—124页。
[2] 韩石山，《赵瑜的文体意识》，载《太原日报》，2010年1月25日。
[3] 蒂尼，《可贵的理性品格——读〈赵瑜名作精编〉》，载《人民日报》，2011年12月16日。

育管理机构对《强国梦》《马家军调查》的反响最为强烈。

1988年,《强国梦》引发体育主管部门的强烈反响。当时的国家体委认为《强国梦》"泄露"了中国体育史上的诸多疑案与秘密,被认为"体育战线上货真价实的变节者""动机不良""泄露国家机密",修书山西省委,要求处置。《强国梦》面世不久,中宣部有关部门和专业人员负责监督社会舆情,同时还有一批新华社记者写内参,通过这些反映到高层。因为涉及中国体育界的机密问题,国家体委将官司打到了中央。《强国梦》在一些人大代表、高层领导之间也存在很大的争议,形成两种不同的观点。一种认为赵瑜说得对,另外一种就是以国家体委为首持坚决反对意见,要组织批判赵瑜。一些部门和国家体委的看法不一,但是当时的中国人大副委员长就在不同的场合对《强国梦》表示支持和声援,没有对赵瑜进行处理,说明相当一部分人同意和支持他的意见。当时国家体委和山西省委宣传部联系过,询问赵瑜的身份,但没有下文。当时的国家教委和国家体委在体育发展上存在不同的取向,意见不一致,教育部门支持,而体委相对保守。国家体委的强烈反响,组织批判、思想约束等行为形成体育界和文学界的激烈争锋,进一步唤起社会舆论的关注,媒体加大报道的力度,无形中增加了作品的新闻价值。国家体委下属《中国体育报》做出了强烈回应,发表《强国非梦,锐意改革》《中国体育成就不容否定》等一系列文章,"《强国梦》是全盘否定中国体育的不好作品,歪曲中国体育实际,运用严重失实的材料判断运动队的文化状况,全面否定教练员队伍,攻击各级领导,歪曲丑化知识分子,批判锋芒直指'举国体制'体育发展模式,其核心是否定中国体育发展战略"①,"《强国梦》是1988年以来最有争议的作品,国家体委领导给中宣部、首都各大新闻单位及内部刊物上连续给《强国梦》批评"②。当时国家体委组织《中国体育报》、运动员训练局、科研所等组织发文批判《强国梦》。《强国梦》成为赵瑜获奖最多的文学作品之一:1988年"中国潮"报告文学二等奖,1985—1993年度《当代》文学奖,1978—2000年度"徐迟报告文学奖",2009年分别获"改革开放30年"及"新中国成立60周年"优秀作品奖。中国文坛评价,《强国梦》奠定了赵瑜在新时期中国报告文学界的强势地位。《强国梦》的出现无疑给体育界蒙上了一层精神上的疑云。2015年,《当代》创刊三十五周年,赵瑜和冯骥才、陈忠实、莫言等一并获得"荣誉作家奖"。

赵瑜的每一部作品都是对报告文学"文学性"的重视与创新,《马家军调查》的成功主要在于对小说艺术尤其是对小说的写人艺术的全面借鉴与吸收。《革命百里洲》的意义则在于对包括小说、诗词、曲赋、散文等传统形式在内的民族艺术的全面吸收与融合。如果说,《马家军调查》的成功还在于对"文学性"与"新闻性""理性"的有机融合,那么,《革命百里洲》的意义也还在于对"文学性"与"新闻性""理性"的有效疏离。《革命百里洲》借鉴章回小说与评书手法,大量引用和化用了包括唐宋诗词在内的众多中国古典诗词、曲赋、文句,在语言和修辞上广泛运用口语、对仗、排比等,从而使作品的民族特色更为鲜明,文化底蕴更为深厚。赵瑜正是借鉴小说艺术,在这方面进行了大

---

① 鲁沂,《中国体育的成就不容否定—评报告文学〈强国梦〉》,载《中国体育报》,1989年11月7日。
② 左达文,《"让体育的归体育"——访〈强国梦〉作者赵瑜》,载《体育博览》,1989年第1期,第4—7页。

胆尝试。

李炳银说，赵瑜是个有文体意识的作家。他每次完成一个题材，无论在结构上还是叙事上，都能找到自己的独特表达，而不是轻率地处理，《强国梦》《寻找巴金的黛莉》《王家岭的诉说》《火车头震荡》都不一样，打破写作的惯性看起来容易，其实需要作家有强大的思考能力。

赵瑜作为跨越20世纪80年代、90年代和新世纪三个阶段的有自觉文体意识的实践者，文本叙述结构上的演变，使其作品成为最富探索性与创新精神的典型之一。在叙述结构上，20世纪80年代以来，报告文学逐渐脱离了常用的一人一事的线性模式，而先后出现了全景式、集合式、卡片式、章回式等结构方式，使报告文学逐渐褪去新闻和小说化倾向而形成了自己独有的叙述模式，其中"全景式""集合式""穿插式"是最能代表报告文学叙述的非线性结构模式。如《新形象之诞生》《但悲不见九州同》等是一人一事式，《中国的要害》《强国梦》等是宏观综合式，而《马家军调查》则是"全景"与"集合"相结合的"综合式"：文本始终贯彻"是谁重创了马家军"这一问题，在大量采访口述、日记、原始资料的基础上，分别从现行体育机制对其成败的双重影响、马家军走体育市场化道路的利弊、传统农耕文化对它的促进与制约等方面进行阐释和剖析，使读者不仅看到了这支队伍由盛而衰的全部过程，并且从多个角度和层面上了解了其中的原因。《革命百里洲》也是这样，它采用章回体叙述结构，颇具民间传奇色彩。全书每一章有一定独立性，又与上下章节有承续关系，可分可合。而《寻找巴金的黛莉》则与《未扶正的反贪局长》等一样，采用的也是"穿插式"或"复线交叉式"结构，即作品将寻找黛莉的过程与对巴金致黛莉的七封信的解读作为平行穿插、动静结合的两条线，最后又统一到黛莉这一中心人物的身世命运上。这样，既使作品具有生动的故事情节与传奇性，又显得灵活多姿、跌宕起伏，同时还便于抒情、议论等方法的运用与内容的丰富、深刻。这些，都来自作家对报告文学跨文体性特征的正确把握和不懈探索。正如赵瑜所说："报告文学的前途，是往宽里走，往深里挖。在遵守真实性原则的严酷前提下，认真地向小说和其他艺术取经求宝，以拿来主义，以杂交优势，以优势互补，赋予报告文学新的血液、新的面貌。"①

当下，但凡优秀的报告文学作家都是"文学意识"突出的作家，不同的是，从小说中出走的报告文学作家理由"文体意识"强烈，而作家赵瑜"主体意识"强烈，作为知识分子的文化品格凸显。

---

① 赵瑜，《赵瑜自述》，载《报告文学》，2001年第1期，第98—107页。

第五章
"出走"与"坚守":社会转轨下报告文学作家的选择

丁晓原说:"我们评估一种文体是否已经自立,有一个现成而简单的尺度,这就是看这一文体是否已经拥有一支成形成熟的作家队伍。"①报告文学的发展和作家主体密切相关,所谓"成也萧何败也萧何",张光年说:"由于我国报告文学作家的共同努力,近几年来,报告文学这一生动活泼的文学品种,已经由附庸蔚为大国。"②改革开放以来,在文化生态影响和作家共同努力下,中国的报告文学真正实现了独立发展,以独立的姿态、独特的方式,在文坛内外产生了特殊的影响,无论是作家数量、作品数量与质量,引发社会"轰动效应",还是思想与精神的深度、艺术与表现的高度,报告文学实现"超越式"的发展,由附庸蔚成大国的百年发展史。

价值观的变化往往发生在社会迅速转轨的时期,改革开放以来,市场经济迅速发展,社会迅速发展,这也给报告文学发展带来新的机遇和挑战,尤其是报告文学作家的选择产生极大的影

---

① 丁晓原著,《文化生态视镜中的中国报告文学》,复旦大学出版社,2008年,第291页。
② 张光年著,《社会主义文学的新进展——在全国四项文学奖授奖大会上的讲话》,见《1981—1982全国优秀报告文学评选获奖作品集》,人民文学出版社,1984年,第5页。

响。"出走"与"坚守"成为报告文学作家的选择。

第一节 "聚魅"与"祛魅"：
商业化背景下文学的整体"失落"

文学思潮始终和政治思潮、社会思潮捆绑在一起，在改革开放的环境下，中国文学也开始踏上突破禁锢的探索之路。文学身份的转型实质上是文学"聚魅"与"祛魅"的动态进程，商业文学"祛"纯文学的"魅"、媒介文学"祛"纯文学的"魅"；作者向生产者的转化、创作向制作的转化、作品向商品的转化、语言文本向图像文本的转化、读者向消费者的转化；作家神话的破灭、作品灵韵的寂灭、读者上帝的幻灭。文学自身的"祛魅"使文学审美日常生活化，文学成为现代消费的一种对象。

20世纪90年代以来，市场经济的确立，异常迅猛的市场化、商品化、城市化潮流对人们日常生活方式和精神生活方式的深刻影响，以商业性、时尚性为外表，市场经济使社会的转型由以往的思想观念等形而上的层次进入了现实的形而下的层次，并通过现实的利益驱动改变了人民的价值观念和生活理想。这一时期，文学迅速结束了幻想时代，由"启蒙""救世"的中心位置向边缘滑落，中国当代文学从此进入了一个前所未有的无序、无奈亦即没有主心骨的状态。90年代后文学的思想内容之中渗透着后现代主义的对真理和价值的否定，对存在意义的怀疑以及"一切都无所谓""怎么都行"的消极颓废情绪，英雄主义的退场，理想主义的消失，文学作品中表现出的拒绝崇高、淡化意义的倾向等等。文学从"聚魅"逐渐走向"祛魅"，作家身份发生了变化，从"知识分子精英"转化为普通的文学创作者甚至文学商品生产者。知识分子精英们所憧憬的中国文化现代化，却以十分世俗的方式抢占了精神阵地，知识分子发生了分裂，价值观的多元化蜕变，精英文化感到被遗弃和愚弄，神圣感消失。市场需求决定文学创作的方向，市场经济的发展改变了受众的审美需求，文学的社会地位也被改变，文学功能发生历史性转变。精英文学被消解并和大众文学双向并行，有影响力的作品很少。

当代文学的内在变革主要来自两方面的动力：一是市场经济取得合法化地位之后，市场法则和逻辑要争夺文学生产方式的主动权，以谋求利益的最大化；二是社会心理多层次需要和新兴文学消费者的崛起，滋生颠覆和舍弃精英文学、纯文学的消费取向。站在大众立场的大众文学迎合市场和受众的需求，文学作为商品被批量生产和销售。市场经济盛行下文学祛魅的社会思潮也在不断蔓延。商品化的盛行无形中带来文学的"衰落"，报告文学式微，启蒙主义退场。这一时期的报告文学俨然褪去了20世纪80年代报告文学鼎盛时期的轰轰烈烈，对比之下倍感萧条，批评家认为报告文学已经陷入"困境"。随着市场经济的全面铺开，中国社会已经由"政治化"蜕变为"去政治化"社会，以经济建设为中心的市场经济体制成为社会发展的核心，政治体制逐步消解对社会意识形态的控制，"经济搭桥，文化唱戏"的文化消费主义的盛行，文学市场化、商品化成为一种思潮，声音、图像等的介入使"以娱乐消费领域的畸形繁荣掩盖了公共领域的萎缩"。社会生活中大量时效性消费行为对文学艺术领域产生震荡效应，大众媒体对文学作品的商业式炒作，使得文学作品的商品性质、商业价值和商品化趋势愈演愈烈。大众文学盛行并作为一种独立的文化商品，关注个体情感的宣泄与表达，更多关注娱乐和休闲功能。①

进入21世纪以后,通俗的"闲适"文学占据了较大的市场份额,网络的普及导致"文学神圣感失落"的发展态势。现代传媒业的高速发展,文学的艺术中心地位走向边缘,传媒语境中的文学走向了产业化、世俗化、商业化、消费化、娱乐化、碎片化、图像化、休闲化。文学的神圣性已被亵渎,霸权性已不复存在。陶东风认为:"被'祛魅'以后的文学,再也没有精英文学那种超拔的精神追求,没有了先锋文学对形式迷宫的迷恋,没有了严肃的政治主题和沉重的使命感。祛魅,以后没有作家,只有写手;祛魅,以后没有文学,只有文字;祛魅,以后的读者不再是精英知识界,而是真正的大众。"②希利斯·米勒(J.HillisMiller)提出"文学终结论",认为电信时代正在将文学引向终结,"文学研究的时代已经过去,但是,它会继续存在,就像它一如既往的那样,作为理性盛宴的一个使人难堪或者令人警醒的游荡的魂灵。文学是信息高速公路上的沟沟坎坎、因特网之神秘星系上的黑洞。虽然从来生不逢时,虽然永远不会独领风骚,但不管我们设立怎样新的研究系所布局,也不管我们栖居在一个怎样新的电信王国,文学信息高速路上的坑坑洼洼、因特网之星系上的黑洞,作为幸存者,仍然急需我们去研究"③。

新世纪以来,新媒介的普及和传播手段大幅提升,传播效率不断增强,文学参与方式多元且大众化,影视传媒、网络媒介、手机媒介在这次"祛魅"中起了极其重要的作用。影视传媒不仅造成了文学"灵韵"的丧失,还造成了文学"类象""视像"与

---

① 刘叶郁,《报告文学的意义生成研究》,载《东吴学术》,2018年第2期,第99—107页。
② 陶东风,《文学的祛魅》,http://www.blogchina.comnewsdiplay/。
③ [美]番利斯·米勒,国菜译,《全球化时代文学研究还会继续存在吗》,载《文学评论》,2001年第1期。

"拟像"的狂欢，甚至是作者权威的消失，时空距离的消失。网络媒介的发展和普及使得作者这类"精英"对媒介的垄断被极大地打破，一个人写作的任何作品都可以上网发表，文学成为普通人可以参与的大众化活动。"我手写吾口"的网络文学盛行，造成部分文学创作者的责任感、使命感和承担感，甚至文学趣味的降低，社会文化的日益世俗化、多元化，媒介社会或信息社会的出现，消费文化的巨大发展及其所导致的纯艺术和纯文学的衰落，日常生活的审美化、符号和图像的泛滥以及文学性的扩散。文学的内容更加世俗化、日常化和个人化，充斥影视剧场的是古装戏、警匪片、喜剧片和反映家庭生活的肥皂剧，作家们纷纷放弃了精英立场而主动向民间向大众靠拢，文学的"媚俗"和商业化已成趋势。随着新闻出版及文学期刊管理体制的改革，纯文学、精英文学的命运将会受到更加严峻的挑战，出版发行渠道也完全向商业化、产业化过渡。文学从最初以爱国主义和歌颂祖国为主旋律的叙述方式转换为群众娱乐、休闲叙事，从国家的主流叙述话语转向满足休闲社会的休闲叙事。

大众消费文化时代的到来，文学消退浮躁和喧嚣，充满经济伦理的"权力场"对"文学场"的挤压，文学因丧失了"根本性"的东西而经历痛苦和挣扎。在现代传媒语境下，文学的泛化与弱化已是不争的事实，文学自身的"祛魅"使文学审美日常生活化，文学成为现代消费的一种对象，新世纪文学身份的转型必然从"单纯"走向"多元"，从"聚魅"走向"祛魅"，从精神信仰走向物质消费，从神秘的仪式感走向生活中的消遣。

市场经济下诞生的一批中产阶级，因为文化修养、经济收入和社会影响力等，已成为文学的主要消费者。他们在紧张的生存竞争之外，为疏导过于紧张的精神焦虑，对文学的兴趣在于轻松、好看、时尚，不追求意义深度，更接近文化快餐的速效消费。作为社会的大众偶像，他们的文学趣味成为强势社会时尚。

消费主义时代的文化语境中，政治的身体迅速转化为消费的身体，带有政治意味的身体叙事迅速蜕化为围绕时尚与市场旋转的欲望化叙事。知识分子与普通大众的政治参与热情急剧消退，消费主义本身成为主流意识形态，日常生活话语的政治含义也被迅速地改写为围绕时尚与市场旋转的欲望化叙事。日益加深的物化趋势，网络环境管理的失范，社会普遍的道德失范、腐败滋生、贫富分化、公正缺失等诸多矛盾和社会问题涌现。作为题材，文学创作者满足于事实的陈述和冷峻的面对，或以一种日常的生活场景、琐屑的生活细节和廉价的温情、美好的人性、永恒的情爱以及诸如理解与宽容、知足与忍耐、希望与期待之类抽象的道德品性，来化解这些矛盾和问题，使之归于"必然"或"无奈"。

第二节　"规约"与"自由"：报告文学文体的发展与成熟

1985年法国《解放》杂志曾将数位作家就"您为什么写作"这一问题做出的回答编成专集，其中大部分回答都围绕表达心灵、无法抑制的写作冲动、思考和解决人类命运等价值取向展开。作家，是一群寻找精神家园的行者；文学，是作家灵魂的安息之地，报告文学作家群体，从这一文体在中国发生之日起便以关注社会现实、参与社会斗争、正视社会矛盾、弘扬社会正义、引领社会发展为目标，因此报告文学被誉为"轻骑兵"和"危险的文学样式"。

报告文学的文体特性对报告文学从事创作的作家群体提出极高的社会要求、道德要求、文化要求，伴随改革开放逐渐深入的时代语境，作家群体的身份不时发生变化。"文革"结束初期，报告文学作家群体积极回顾历史，重塑现实，是作为知识分子积极参与建构社会的初步尝试，奠定其存在合法性的基础；改革开放以来的20世纪80年代，知识分子批判现实，触及政治体制改革并和国家政治权力结盟，奠定知识分子"救国"合法且合理存在的基础，奠定了知识分子崇高的"社会"地位；市场经济迅速发展的90年代，催生了国家与社会从高度统一到有限疏离的结构性转变，知识分子将促成公共利益实现作为社会现实批判与国家关系建构的话语基础。80年代，报告文学蔚为大观，作品总能取得轰动的社会效应。90年代的报告文学已变得暗淡，它在社会生活中的影响已大为缩小，在读者中的形象已不那么令人肃然起敬，不再轰动了。报告文学作家的地位从80年代的"作家中心"、90年代的"读者崇拜"到新世纪的"众声喧哗"，读者的心态渐趋成熟，阅读兴趣也多元化，"读者市场"逐渐被建构。进入新世纪，因生存压力与竞争不断加剧，加上新传媒的渗透、浅阅读的盛行，读者愈来愈不把文学阅读当回事，作家和读者的角色也随之变得含混起来。有人说，90年代"作家死了"，新的世纪"读者死了"。

张春宁说："若翻翻全国所有的文学期刊，你就会发现，竟然没有一篇在全国有影响的报告文学，即使个别在一定范围内有些影响，但是这种影响若与80年代相比，简直不能同日而语。"①20世纪90年代初期，是报告文学创作的一个调整期，作

---

① 张春宁著，《报告文学怎么了——关于报告文学现状和前景的一些认识》，载《文学评论》，1995年第1期，第47—52页。

家人为地弱化报告文学应有的文体功能，躲避现实前沿，使报告文学的文本质量和社会价值大大下降，差不多类同于一般的新闻报道。思想启蒙，文化批判，在90年代已经"过时"，对物质利益的追逐、对新兴网络文化的向往以及由通俗的感官的大众文化泛滥等所导致的对享乐主义的亲和等，无不给思想以重挫。市场经济刺激下，人们更关注物质生活的富足，更关注个体的体验，对社会公共问题有疏离感，甚至无暇顾及。同时，90年代中国面临全面的社会转型，政治、经济、社会、文化、价值追求与审美态势都在全方位的转变，在繁杂无章的社会生态下，报告文学作为公共性文体，要求作家紧扣社会现实，同时反映社会前沿，引领社会发展风向，报告对象和主体应极具前瞻性和探索性，写出现实的前沿精神，深刻而智慧的钻探，挖掘历史的深度，碰撞现实的火花，干预现实，引领发展。但市场化冲击下，报告文学的写作变得愈加艰难，报告文学作家对一些重大题材在报道的广度与深度方面显然不够，无法坚守思想阵地，干预现实，有些干脆直接逃离了报告文学这一"没有硝烟的战场"。这一时期，也涌现出一些作家，他们坚守阵地，实现了报告文学文体的自觉，也找到了通往个人创作和精神生活的"自由"之路，他们的意义是卓尔不凡的。如卢跃刚继承了新时期报告文学的战斗传统，并将其发展到一个新的阶段，以深沉的忧患意识和强烈的社会责任感，敢于正视现实，直面人生，干预政治，针砭时弊，表现出鲜明的批判性与战斗性。

　　报告文学的文体特质与价值追求和新世纪以来文学整体影响力衰弱的社会文化背景相悖，新世纪经济力量的追迫，世俗娱乐的稀释，网络传媒的牵引等共同造就了报告文学的失落。20世纪90年代报告文学作家为了躲避现实前沿而转向对历史题材的多层开采,这些文本在呈现上出现一些难题和矛盾:首先,报告文学的真实性特质,使得历史题材的报告文学创作很难实现"非虚构"的叙述要求,特别是场面或细节的描写,几乎是不可能的。其次,报告文学的重要价值在于对社会现实的参与和干预,历史题材创作的目的是"借古喻今",以历史为参考,为现实发展提供依据,但不排除一些作家过度开发历史从而回避现实矛盾。丹尼尔·贝尔说:"经济所依据的原则是'效益',而文化所依据的原则是'自我实现'。"①再次,知识分子的"自我实现"与信念、信仰、理想等价值体系相连,属于意义的领域、价值的领域。一旦把"效益"原则奉为唯一的、最高的原则,以之排挤和取代"自我实现"的原则,文化与金钱算计、物质实利之间失去了距离,抹杀了界限,为了牟取经济、物质的实利而丢弃了信念、信仰、理想,那么报告文学也必然失去它的魂魄,这势必给文化带来深重的灾难。90年代,报告文学作家群体的创作呈现两方面特色:一方面是趋之若鹜地大举"蚕食"历史,另一方面是许多重大的现实题材少有深刻报告。报告文学作家远离现实而亲近历史,远离观众而转向个体,远离深刻而亲近浅薄,这与报告文学的文体精神背道而驰,与知识分子介入社会现实的批判精神是相悖的,象征着报告文学文体的某种蜕化,报告文学作家思想的匮乏导致社会缺乏思辨性较强且具有很强的思想穿透力的作品。这些都是90年代报告文学创作中存在的一个不可忽视的问题。这一时期,少数优秀的报告文学作家和作品如麦天枢、王先明的《昨天——中英鸦片战争纪实》、张建伟的《温故戊戌年》、李鸣生的《走出地球村》等,都具有深厚的历史况味和发人深思

---

① [美]丹尼尔·贝尔著,赵一凡等译,《资本主义文化矛盾》,三联书店,1989年,第56—59页。

的现代意义。

报告文学被称为"戴着镣铐舞蹈",报告文学作家则是戴着镣铐的"舞蹈家",舞姿因束缚而"扭捏",难以获得自由。作为一种不自由的文体,报告文学文体写作难度较高,同时在物质至上的时代,经济效益成为衡量一切成果的指标,但报告文学真实性原则的"恪守"使其写作成本较高,要花费更多的时间和精力,要深入社会现实,走入群众之中等条件的限制,使报告文学难以像其他虚构文类"埋首故纸堆",必须"走出书斋"。这差不多是一个告别思想启蒙、社会使命,以物欲享乐为时尚的时代,文学的神圣性逐渐降低,作家世界的神圣性或不可或缺性遭遇挑战,为文学操心的人少了,关注经典的人群也大幅缩减。

报告文学文体"规约"与文化生态造成了新世纪报告文学作家整体"失落",文体特性,作家的创作激情,干预社会现实的斗争性、思想性都在减弱,报告文学面临整体的"失落"。究其原因,突出表现为:首先,社会转型时期,以经济建设为中心的强势语境左右着报告文学的写作与文化生态。经济基础决定上层建筑,一定时期的经济态势决定社会文化生态,社会文化生态决定文学创作与接受的向度,经济生活成为文学发展的第一决定因素。20世纪90年代,市场经济走向繁盛,在迫切需要物质的时代,精神文化生活无疑沦为社会结构的外围和边缘,"物质至上"成为社会发展的评判标准,对物质的追逐成为读者和一些作家共同的追求,"精神追求"和"理想"双重失落。其次,90年代,政治、经济、文化从同构走向异化,政治生态对文化生态的制约与影响作用较为显著。改革背景下国家意识形态尤其是政治文化生态对报告文学的影响最为直接、有力。报告文学关注社会公共事务,满足民族对政治的期待,不仅是知识分子群体参与社会治理的一种方式，也是民众实现社会理想的有力途径，社会往往将报告文学作为抵制、暴露、批判社会不公的工具，作为伸张正义和公正公平，抵制邪恶的工具。这决定了报告文学文体既依赖于国家意识形态的导向作用，又制约和监督政治意识形态的"无力"，宽容和谐的政治生态环境决定每一个时期报告文学可以发挥"力度"的大小，报告文学承载着国家意识形态和审美理想。报告文学作家杨守松说："中国的报告文学之所以成气候，主要是由于中国的国情所决定的。在新闻自由千呼万唤而犹抱琵琶半遮面的情况下，报告文学是最恰当也是最'自由'的表现形式。"[①]再次，报告文学作家主体的独立意识决定作家是否"失格"，作品是否"失落"。深刻的思想性是报告文学社会价值实现的前提，优秀的报告文学作家，无疑应该是见解深刻的思想家。作家个体的生活经历、思想境界、个性气质、文化修养、审美方面的差异，客观上形成了各不相同的创作理念和文体风格。社会发展日新月异，人们的观念千变万化，我们很难采用单一角度或一致的标准进行评判，但真实性和思想性是判断报告文学社会价值的重要标准，要逐步建立起更加开放和有效的与社会对话的报告文学写作机制。报告文学作为一种社会共性文体，以思想性见长，从事报告文学写作的作者，应该是一群有思想的人。90年代以来，多元化发展的新时代报告文学主体意识淡化，一些报告文学作家转入"回归历史"或文本转向对现象的描述和材料的陈列，缺乏对社会现实的参与和构建，一些报告文学作家激情退却，责任缺失，思想贫乏，不再对社会发言，有思想者素质的报告文学作家见少，大部分选择了"专家"这种职业化的身份。主

---

① 杨守松著，《最要紧的是"真实"》，见梁多亮《中国新时期报告文学论稿》，海南出版社，1998年，第250页。

体思想的短缺，批判精神的萎缩，责任感缺失，人格力量减弱，思想穿透力缺乏，最终导致报告文学主体对于事实所作的论评与思辨变得浅显或片面，对于读者的召唤力与吸引力严重下降，成为具有某种消遣性的大众文学。胡平认为："在商品经济时代，如果知识分子放弃文化批判的意识和文化前驱的使命，面对压迫人心的问题转过身去，自己便与夜总会里浓妆艳抹的小姐别无大异，都失去了操守的孤域。"①

有学者指出："报告文学的最高境界是艺术的批判性和批判的艺术性，批判的力度来自真诚的力度，而作家的真诚来自对人的关注，来自以人为本的思想以及鲜明的爱恨、明确的是非、不加掩饰的直率和坚韧、不屈不挠的人格精神。在边缘化时代，报告文学仍然有能力以其平民意识、批判意识、悲悯意识和搭救意识而位居边缘的中心。"②报告文学的批判性特质是作家责任感的体现，"责任感的丧失意味着尊严的丧失，责任感的丧失意味着灵魂的缺席"。

新世纪以来，报告文学发展经历了从"辉煌"走向"落寞"的漫长历程，在跌落谷底后引发作家群体的深入思考，何以在多元化的时代实现文体的"自由"发展。作家要触摸现实，思想深刻，参与新世纪人文精神的重建，实现这一文体应有的价值。这对作家群体提出了多样化的要求：首先，要求作家要深入生活，感受现实，深入思考，理性冷静地认识报告文学与作家的价值以及社会发展的要求。在多元获取资料，深刻考察社会后写出思想深邃的作品，紧密关注社会现实。其次，关注社会底层"沉

---

① 胡平著，《千年沉重》，东方出版中心，1998年。
② 龚举善、高婷婷，《网络时代报告文学理论研究的新拓展》，载《甘肃社会科学》，2004年第6期，第324页。

默的大多数"的生存状况,并积极为他们发声。底层百姓生存艰难,报告文学作家对他们的关注就是关注中国社会发展的问题和困境,以强烈的现实主义精神和浓郁的人文主义关怀反映民生,为民请命。再次,多元化时代,坚守报告文学的文体意识,即非虚构性、批判性。新时代,思想文化的多元化带来个人自由选择权利的多元化,作家可以自由选择精神追求和物质利益,但报告文学作家不能放弃社会责任,要尽可能地满足大众的精神需求,适应时代的需求,传达公众的呼声,吸引更多的读者,被他们接纳,这就是报告文学的最高价值所在,也是报告文学和作家获得"自由"的基础。无论社会如何发展,报告文学应有自身的现实操守、理性品格和写作方向,一切有使命感和文体意识的报告文学作家都应始终具备走向"中心"的意愿。最后,增加可读性,开拓"文学性"。新世纪以来,报告文学不仅是一种参与社会现实的公共性文体,也是作为精神文化产品,依然要满足文学为大众提供精神娱乐需求的文化属性,报告文学作家应该为消费者提供优质的文化产品,塑造鲜活灵动的报告文学形象、融入本真深切的思想感情、创新自洽的文体形式和崇高瑰丽的艺术风格,承担起引领文明、丰富生活、服务社会的责任。报告文学必须进一步增强文学性,调用一切可以调用的艺术手段,强化艺术审美效果,谋求转型时期报告文学的题材创新、手法和文体创新。

社会发展对报告文学提出越来越多的要求,报告文学创作愈发艰难,报告文学作家群体的生存现状也成为一个不得不关注的问题:一方面,一批20世纪80年代以来的跨世纪报告文学作家,依然保持着写作活力,支撑了报告文学发展的局面,如何建明、赵瑜、杨黎光、卢跃刚、邢军纪、长江等;另一方面,他们较长时间"垄断"着报告文学创作的高地,后续的青年作者因为文体的特殊性,"新生代"的报告文学作家较少,并且很少能走到报告文学的前台。报告文学创作的可持续发展有赖于创作队伍的及时更新与可持续发展,80年代是报告文学的时代,那时老中青三代报告文学作家星光灿烂。但,报告文学文体的"规约",制约新生代报告文学作家的选择,对真实性的坚守,要求作家们长时间深入采访,投身田野,采访需要时间、精力和经济的投入,使得报告文学写作的经济成本较高,特别是揭露问题的采访,一般不会有人为作者买单。作为一种"危险"的文体,强烈的社会责任感,要求青年作家们具备使命意识和担当意识,而这正是青年一代所欠缺的。新时代,文学的私人化写作思潮在年轻一代作者中已经产生了深入的影响,但这与作为社会问题写作的报告文学是格格不入的,他们只能选择放弃。这些大约就是青年报告文学作家不能迅速后来居上的原因。文体的高要求,作家的低素质,必然会对报告文学的生长产生负面影响,报告文学文体的繁荣需要有一支承上启下的作家团队的支撑。

第三节 "舍弃"与"获得":报告文学作家的"得失"智慧

20世纪80年代以来,报告文学作家和作品数量剧增,创作阵营强大,较之于以前的报告文学作者大多数是"兼职"的,出现了一批职业或半职业的报告文学作家。90年代,许多刊物仍一如既往地热心于刊发报告文学,但出现了内部的分化,作家队伍也随之出现了分化,专业作家队伍体制面临着新的挑战,难以延续;非专业作家队伍持续增长,尤其是商业化浪潮的席卷下,报告文学中出现"广告文学""商品文学",文学呈现商品化趋势,一些期刊改革后自负盈亏，为了吸引读者眼球，不惜降低质量要求，客观上造成报告文学整体质量的下降成为不争的事实。作品数量与质量之间不成比例的发展态势，给报告文学发展带来一定影响。新世纪以来，报告文学作家无论是在数量上还是质量上都存在较大的差距。由于文学文化生态环境的变迁，特别是人们阅读兴趣的转移，报告文学作家的创作兴趣和创作选择也在逐渐发生位移，从而给报告文学的整体面貌带来了很大改变。仅有部分有高远文学理想和追求的作家，注重报告文学的社会担当、时代使命和历史责任，坚守创作底线，追求艺术表现力，坚守在报告文学创作的"第一线"。大量的报告文学作家转移"阵地"，另谋他业，新的报告文学作家后继乏人，中国报告文学作家队伍整体呈现出"青黄不接"的态势。

20世纪80年代，文学成为人类灵魂栖息的家园，精英知识分子意识形态盛行，报告文学成为知识分子参与社会现实的写作方式，成为社会公共利益的表达渠道，报告文学作家群体成为群众心中文化精神的寄托。90年代商品经济迅速发展以来，商业主义意识形态盛行，经济崇拜成为整个社会"集体无意识"的冲动，文学从"造神运动"中脱落出来以后，作家们无疑"跌落神坛"。实用主义观念至上，"有用即真理"的思想在文化领域蔓延，对于信念、信仰、理想等产生着严重的腐蚀和消解作用。一部分作家单纯追逐物质利益，成为普通大众中的一员，甚至为了追逐利益而成为卖弄文字的"小丑"，失去了精神家园，人文精神淡化，人们在物质至上的社会环境中迷失自我。新世纪以来，意识形态走向多元化，国家意识形态和精英意识形态、商业主义意识形态并存，报告文学也呈现多元发展趋势，年轻的新生代作家们，摒弃了神话，放弃了责任，更加专注于个人心理、欲望的描述，拒绝了基本的人文精神。文学产品的批量生产以及文学的"致富"效应、"文化名人"效应等，使文学的大片领域沦为生产与消费、投资与收益、生存与获取的名利场。剧烈的社会转型带来报告文学作家的整体"失落"，作家群体在物质利益和精神坚守中艰难生存。

　　首先，经济危机带来的生存困境。市场经济的发展，文学商品化趋势的逐渐增强，文学与市场结缘带来巨大的物质利益，这成为文学发展的经济动力，也成为新生代作家群体增加的重要原因。但是，作为知识分子的报告文学作家难以迎合市场的需求而自降身价，这和文学期刊自负盈亏的体制改革形成反差，很多作家失去了赖以依存的"饭碗"。同时，随着体制的改革，端国家铁饭碗的专业作家越来越少，报告文学作家面临经济的窘境和生存的难题。其次，社会地位边缘化带来的文化困境。20世纪80年代到90年代，报告文学从"神坛"跌入"低谷"，报告文学作家群体从参与社会建构的精英知识分子沦落为大众文化边缘的普通人群，从权威文化中脱离甚至面临被边缘化的危机，造成对自身价值的怀疑和身份的焦虑。再次，人文理想的失落造成的思想困境。在当今实用理性和欲望非理性成为社会主潮的时代里，作家们不得不从"人类灵魂的工程师"的岗位上退下来，带着一种无所适从的茫然，或者随波逐流，或者独善其身，或者愤世嫉俗。写作不再是一种趣味、一种责任，而是一种职业，一种生存的手段。商业化写作实质上是作家在利益驱动下的自我放逐。他们越来越回避宏大叙事甚至丧失价值判断，以个人化写作和商业化写作来适应或重建一种新的价值体系。

　　放弃了物质利益的诱惑，选择清贫的坚守；放弃权利的规约，选择纯粹的精神乐园，报告文学的发展得益于一批跨世纪的报告文学作家的"坚守"。他们是何建明、杨黎光、赵瑜、徐刚、王宏甲、黄传会、蒋巍等,他们从上个世纪写到了这个世纪,一如既往地"守候""期待"这片土地,"耕耘"并"等待",坚守着希望。他们坚守对报告文学诚挚的创作热情,保持持久的创作活力,推出高质量的作品,使20世纪80年代以来的中国报告文学繁荣至今,作为中坚力量支撑着报告文学的大局。他们坚守着知识分子的写作方式,坚守20世纪优秀报告文学作家襟怀天下、肩担道义的精神品格。他们在时代发展中延续着报告文学的生命,形成各自独立的文体风格,实现个人的"光荣与梦想"之路。何建明是其中最为勤奋的作家之一,堪称报告文学界的"全国劳模",一直保持报告文学写作的高位运行状态。《根本利益》《国家行动》《北京保卫战》等都是影响一时、广有读者的"大叙事"作品,何建明的名字是与新世纪报告文学的发展紧密联系在一起的。

  作为时代性的文体,报告文学的自由发展取决于时代的需求,报告文学作家则在时代发展基础上不断形成个人的创作风格,并成为报告文学创作领域的"常青树",这些多是跨世纪的优秀报告文学创作者。他们基本上都是以报告文学享誉文坛和社会,他们的创作也构成了20世纪80年代以来报告文学史书写的总体框架与基本环节;同时,这些报告文学作家个人风格普遍形成,何建明偏好国家结构型的宏大叙事,并且以百姓话语进行叙说;杨黎光则长于对非常态人物的叙写,善于通过深入的采访,还原人物真切的内心世界;卢跃刚的报告文学具有杂文式的犀利;徐刚的作品自有诗人的激情和气势;赵瑜所写深蕴有致,别具书卷滋味;麦天枢的报告文学则给人警醒沉郁之感。报告文学作家以充分的个性化，告别了那种"报道体"的模式化。这些最终成就了报告文学繁荣发展的局面，也成就了这些报告文学作家得以名垂"青史"。

第六章
现实·历史·创新：
媒介化背景下报告文学作家创新化发展

"新世纪"不仅仅是时间概念，更是文化概念，表达文学界对新世纪文学发展的思考。1998年5月，辽宁大学和中国社科院文学研究所共同举办"面向新世纪文学思想发展"学术研讨会，1999年11月，中国社会科学院文学研究所主办"新世纪中国文学学术战略名家论坛"，讨论新媒介的介入、多元媒介融合的背景下，媒介空间带来的社会组织和结构及文学传播形式与体制的变化。人类文化发展史总是与传媒的发展结伴而行并通过媒介实现的，报告文学的发展也以媒介为传播和发展的工具。人类媒介发展大体经历了三个阶段：口语媒介时代、印刷媒介时代和电子媒介时代，与这三种媒介阶段相对应，人类的文化传播也大体经历了三个不同的阶段：口传文化阶段、印刷文化阶段和电子文化阶段。

新世纪，以多媒体融合发展为基本态势，媒介化作为新世纪文学的技术主导力量，现代科技改变了文化的内在构成和运作方式，同时也带来经济冲动与文化冲动的审美文化矛盾，科技含量与人文含量的相互抗衡。技术主导文学的创作与发展，报告文学也不例外，在冲突与融合中实现创新发展。

第一节　现实挑战：媒介文化带来的"生存危机"

20世纪90年代以来，媒介繁荣发展，电视、电影、报纸、广播等现代媒介负载着各种各样的文化信息进入社会的每一个角落，文学发展被逐渐置身于媒介化环境之中。新世纪，媒介化时代的文学景观呈现多元化发展态势：以网络文学形态为主的BBS网络文学、文学网站网络文学、电子杂志文学、博客文学、手机（短信）文学等涌入"新世纪文学"景观。媒体语境对文学的写作、传播、消费等产生重要的影响，对于报告文学文体的影响则更为直接而显著。媒介正以多元化的方式影响文学的传播与创作，许多作品没有媒体的传播，尤其是在市场经济条件下，文学与媒介传播之间不仅有着精神且有着物质利益的密切联系。中国文学领域产生一些新的现象，如作家排行榜、作家签约、媒体炒作、文稿竞卖、明星作家、快餐读物、文体的变异等，文学的生态环境和价值取向已经发生改变。全媒体时代不单是媒体技术和传播形态的发展变化，人们的审美方式和价值取向也直接或间接的改变，从而影响报告文学的内涵和书写形态。

新世纪文学发展中难以避免面临商品化和技术性的挑战。从市场份额看，新世纪文学中，图书市场文学、期刊文学、网络文学重构出"三分天下"的新格局，白烨将当代文学区分为"以文学期刊为主导的传统文学，以商业出版为依托的大众文学，以网络媒介为平台的网络写作"①。2010年，赵勇说："时至今日，如果把网络文学排除在外，就等于丢掉了文学的半壁江山。"

媒介多元化对文学生态产生了多层次的影响，从题材选择来看，作者要及时关注媒介关注的热点，并对媒介聚焦的社会热点予以深度解读和多元透视，吸引读者的眼球，形成报告文学与社会现实的"同频共振"，并且以作者深入的解读形成全面的认知；从采访的过程看，现代传播媒介从根本上改变了报告文学的采访创作方式，基于沟通方式的便捷化，采访可以从面对面转化为远程视频和影音，从长期性、一次性转化为多次性、间歇性，作者从以前的集中采访转换为分散采访、分批采访、分层次采访，在创作过程中可以随时根据需要及时进行采访。面对面的采访和充分运用媒介工具的采访相结合，充分促进采访过程的深入性。从传播方式来看，媒介推动了文学的生产和传播，文学的发表、出版形式、传播消费模式、传播的方式都被改变，为了适应新世纪文学多元化的方式，报告文学要积极借助和运用影视、网络、视频等大众媒介，积极寻求被改编成影视节目的可能性，利用荧屏银幕放映、网络平台推广等实现自身社会效益和经济效益最大化。

新媒介的崛起意味着文化研究正在越来越取代传统文学研究的地位。媒介多元化时代深刻影响着精神生态环境，作家的生存方式、思维观念和文学的身份转型，也造成新世纪文学的观念、属性、形态的转型。媒介对文学的渗透、介入使文学发生了重大的方向性的改变，使"诗性文学"的发展逐渐转型。20世纪90年代以来，文学的"边缘化"成为共识，文学生产的数量在减少，

---

① 白烨，《新的异动与新的问题：由2008年文情再谈新世纪文学》，载《文艺争鸣》，2009年第4期，第41—44页。

作家人数在减少，作家承载的公共价值和责任越来越少，参与现实、承担改变社会、促进社会发展的责任变小，无疑带来报告文学作家的文体的"式微"，其影响力不断减弱。白烨评价："各种写法多了，佳作力构少了；作品种数增了，艺术质量与分量却减了；小说改编影视的多了，经得起阅读的却少了；期刊的时尚味浓了，文学味却淡了；作家比过去多了，影响却比过去少了；获奖的作者多了，能留下来的作品却少了。"①多元媒介给受众带来的感官刺激，社会和读者的休闲娱乐需求不断增加，文学的基本品质，如诗性、原创、想象、经典、超越、意义等就被媒介技术和媒介形式改变了。

媒体，使文学从政治权利的话语中解放出来，"通过文化市场对主流文化、精英文化以及大众文化形态进行协调和整合，初步形成文化多元格局；但随着政治话语的淡出，媒体的话语力量对文学又构成了另一种威胁，即商业色彩的加重"②。大众传媒和大众文化的勃兴，具有广泛审美特征的文化产品和与之相适应的一整套经验行为方式，一批作家逐步放弃了关注社会、人生、理想的宏大叙事，尽力让自己和自己的创作实践适应市场化的生存环境，遵循商业化的生存法则，依托大众媒体向市场前沿，将自己拥有的文化资本兑换成经济资本。媒介的盛行促使转型期的报告文学作家在自我角色定位、写作目的和写作姿态上都发生了根本性的变化。

图像时代的到来对读者的感官带来极大的刺激和愉悦，受众趣味促使报告文学主体的思维方式和创作态度发生改变，报告

---

① 白烨，《在适应中坚守——文坛现状的观察与思考》，载《北京文学》，2004年第1期，第103—107页。
② 李明德、张英芳，《消解还是重构》，载《文艺理论》，2005年第8期。

文学应不断向视频化、图像化、音像化、影视化和产业化方向发展，借助媒介创新传播方式和表达方式。同时报告文学作家要积极寻找媒介和文学的共同关注点，从社会现实中深入挖掘，以文学和媒介化的形式共同承载，将作为公共事件的报告文学转化为被媒介关注的公共事件甚至新闻事件，成果吸引更多社会公众的关注，逐渐摆脱"边缘化"的命运。正如新世纪来临之前，赵瑜的《马家军调查》引发官方行政部门、媒体、社会公众的广泛关注，传统媒体和新媒体广泛报道，给文坛注入一些活力，带来一些热闹，引来一些关注，吸引更多的社会读者关注文学，将文学从"边缘化"的位置转化为社会中心位置，成就媒介和文学的"合谋点"，引发"同频共振"的社会效应，创新报告文学的传播方式。

媒介化时代，多元传播方式的共同刺激对报告文学的题材选择、内容表达、文本写作、文学语境都提出了更高的要求，不仅是被媒介关注的社会事件，也要成为深入人心的文学经典。文学的本质是人学，是为了人的本质解放和心灵净化而存在，为了人的理想主义生存而延续，报告文学从产生之初就是作为介入现实、干预社会现实的文体而存在的，要更多关注人性、自由、尊严等诗性核心价值。当报告文学的主体精神陷落，文学不断沦为工具崇拜，文学的诗性崇拜不断蜕化，文学愈来愈变成分享利益的工具。无论何时，报告文学要坚守精神立场，即为公众、为社会、为人类共同利益的方向发展。

第二节 历史况味：文体自觉坚守"初心不改"

媒介多元化对报告文学的发展是一把"双刃剑"，在某种程度上对报告文学发展是一种极大的刺激。媒介化，更多的是满足新世纪读者休闲化、娱乐化发展的需求，而报告文学是一种现实性、批判性、公共性的文体，两者在某种程度上是相悖的，报告文学在新世纪多元媒介化发展中处于"不利"的地位。报告文学作为一种"严肃"的公共性文体，其存在本身是对部分大众低级审美趣味的疏离与批判；报告文学是知识分子写作的方式，以社会关怀为使命，具有社会功利性，但大众更多关注的是个人发展，体现其个人功利性。报告文学作家群体成为以社会批判为己任，以提升人类境界、优化人类理想为终极目标的独立而自由的主体。

在多媒体时代下，文学走向"边缘化"，报告文学也失去了20世纪80年代的轰轰烈烈，社会效应骤减，对比之下倍感萧条。不可否认，90年代以来，报告文学整体发展逐渐走向"衰落"；新世纪，报告文学"枯竭论"的评价不绝于耳。报告文学的转化是历史和时代的选择，报告文学的大众化发展是为了更好满足读者的需求，如何"圆融的行走"在读者喜好的文学之列，成为新时代报告文学发展的目标。报告文学的大众化发展，是在坚守"初心"的基础上，满足读者的娱乐、阅读需求，但并不意味着一味迎合大众口味，满足读者感性阅读的快乐，走低俗甚至庸俗化的发展道路。不可否认，在文学整体迎合新世纪商品化、媒介化、个人化、娱乐化的时代，一批报告文学作家放弃了"坚守"和"初心"，报告文学文体的特性逐渐"模糊"，报告文学"文体"被质疑，文体的生命力被否定。

2003年，李敬泽在《南方周末》发表轰动一时的《报告文学的枯竭和文坛的"青春崇拜"》，提到"有一种文体确实正在衰亡，那就是报告文学或纪实文学，真正的衰亡是寂静的，在遗忘中，它老去、枯竭"①。2004年，吴俊在《文汇报》发表了《也说"报告文学"身份的尴尬》，"我相信，报告文学之名及其所指，终将会消亡，报告文学违背了'文学的常理和规定性'，那么报告文学就必然会'枯竭'或'消亡'"②。两人均提出，报告文学"既承诺客观的'真实'，又想得到虚构的豁免，天下哪有这等左右逢源的便宜事？"因此报告文学"在叙事伦理上是不成立的"。学者丁晓原对此做出解释，"吴俊、李敬泽是按照他们预设的三段论来推理的：凡是文学都得虚构；报告文学不虚构；所以报告文学不是文学，所以报告文学枯竭或消亡"③。纪实和虚构，向来是文学文体与其他写作文体的主要分水岭，文学的特性在于虚构和想象，只有当报告文学进入虚构和想象的世界时，它才是文学。将"虚构"说成是"文学的常理和规定性"，这本身就是一种"虚构"。

报告文学的发展道路是在大众化发展道路中"独辟蹊径"，在"取悦"与"迎合"的市场潮流中"不忘初心"，在多媒体时代背景下"艰难求变"。2004年，《报告文学》主编李炳银提出辞职，究其原因，表面是办刊理念的差异，但根本原因是报告文学在新时代背景下的发展方向问题，出版社要求《报告文学》刊登

---

① 李敬泽，《报告文学的枯竭和文坛的"青春崇拜"》，载《南方周末》，2003年10月30日。
② 吴俊，《也说"报告文学"身份的尴尬》，载《文汇报》，2004年1月18日。
③ 王尧、林建法主编，张学昕编选，《中国当代文学批评大系1949—2009》卷六，苏州大学出版社，2012年，第337页。

一些迎合大众口味，诸如名人轶事、社会传闻以获利，李炳银始终坚持刊登有责任与使命感、关注国计民生、对社会具有深入观察认识评判精神的报告文学作品。出版社社长周百义说："他所谈及的低俗、无聊的文章，就是我们所说的报告文学大众化，我们提倡贴近生活、贴近百姓、反映当下社会热点的报告文学，即新闻加文学的创作手法。根据当今的大众阅读环境，只有这样的文章才能赢得读者，扩大发行量，而李炳银提倡的所谓'精英阅读'，不能做到这点。"①在经济中心主义时代，出版社必然要追求利润的最大化。李炳银作为报告文学精神的守望者和代言人，他有责任和使命坚守报告文学的文体品格。

不可否认，在文学整体迎合新世纪商品化、媒介化、个人化、娱乐化的时代，一批报告文学作家放弃了坚守和初心。"文学最基本的功能在于它所持有的社会文化的批判本性。"报告文学作家群体首先要秉承人格的独立性，其次要敢于说真话，要有透视社会现实的能力，从纷繁复杂的社会现象中去伪存真，知识分子作为一个相对独立的文化阶层的力量，其历史作用在于他们实际上所承担的文化批判者的角色。作家对报告文学文体精神的坚守，也反应作家对现实的关注之切、忧思之苦，是报告文学的重要体征。

卢跃刚作为中国报告文学发展的坚守者，是最为重要的报告文学作家之一，著有《辛未水患》《长江三峡：中国的史诗》《以人民的名义》《讨个"说法"》《大国寡民》等作品。卢跃刚的作品坚守报告文学和知识分子的"初心"，始终坚持中立的公共价值立场和职业伦理底线，致力通过对不合理的社会现象的揭

---

① 李炳银，《〈报告文学〉主编李炳银要辞职》，载《京华时报》，2004年5月20日。

露、抨击，表示对文明、正义、良知的诉求与声援，表明对弱势人群的仗义执言的精神关爱，对正义的维护与呼吁，"当正义、良知最不应该缺席或缄默，但常常缺席或缄默的时候，卢跃刚出场了"。卢跃刚写作报告文学的原动力来自"我有话要说"，"咽喉被一股力量强有力地扼住了：我有话要说！我必须说！直截了当地说！于是，我拿起了报告文学这柄剑"，"我感到，小说在这个时刻突然变得那么苍白无力。这时，更需要清晰明快的事实陈述，更需要刀刀见血的逻辑力量，更需要直面现实的理性精神。我只能把小说珍藏起来，先把堵在喉咙里的话说完，用报告文学的形式说完"。①卢跃刚认定，"报告文学的文学功能与其他文类门类不同，时时处处都应逼近社会、逼近人生"，"报告文学正是建立在'希望'和'良知'这一基础之上的。"《以人民的名义——一起非法拘禁人民代表案实录》涉及一个敏感且复杂的政治题材，充分表征了卢跃刚作为报告文学作家所禀具的品格与气质，是在以"以人民的名义"写作。卢跃刚的作品所涉及的题材无疑带有某种危险，而他令人敬重的正在于通过"涉险"体现了报告文学作家维护正义良知的崇高精神与敢于碰硬的社会批判的勇气。

　　新媒体时代，作家群体"坚守初心"方能"不忘使命"。"初心"是报告文学的文体使命和作为知识分子的社会责任，作家群体的坚守是对职业精神和职业操守的坚持，是对文体的责任意识、社会意识的坚守。一些报告文学作家没有放弃自己的社会责任，坚守文学的批判性，通过对于现实生活中一些丑恶、阴暗现象的暴露、剖析，以引起人们警醒反思，指望疗救，从而完善

---

① 卢跃刚，《我有话要说》，载《中华文学选刊》，1994年第3期，第112—113页。

优化社会。这些作家尽管人数甚少，但他们的意义却是卓尔不凡的，他们延续了报告文学那种关怀现实、干预现实、批判现实的文体精神。这是报告文学文体"初心"的坚守，对知识分子"初心"的坚守。一些报告文学作家，在适应社会、调整心态的同时不断探索与创新报告文学的选择，向"人学"发展，将"理"与"人"有机融合，注重对人生哲理的探求。在"消解"英雄与神圣的同时，提倡"国家叙述"，积极宣传社会"正能量"，充分展示生命的崇高与人生的悲壮，同时也挖掘了中华民族坚韧、顽强，勇于牺牲、乐于奉献、生生不息的伟大精神。不仅要有批判的力度，也要有阳光、有温度，要给读者"正能量"，注意向题材的广度和深度进军，在为无名英雄立传的同时挖掘生活的严酷与深刻性。在触及社会敏感、重大题材时也要紧跟时代步伐，密切关注现实，注意营造独有的艺术感染力。作家要尊重报告文学文体的本体性，关注现实、介入现实、呈现真实，具有现实关怀的品格，同时具有深刻的思考与观察，主题鲜明，思考独到，精神内容丰富，增加报告文学的文学性。

第三节　创新发展：与技术同行"情境化"传播

米勒认为，媒介时代的到来，影像打破了虚幻与现实之间的区别，文学在新的文化语境中只是多种文化象征或产品的一种，要与电影、录像、电视、广告、杂志等一起进行研究。①信息技术的发展为文学的存活提供了某种契机，但也带来了极大的挑战

---

① [美]希利斯·米勒，《全球化对文学研究的影响》，载《文学评论》，1997年第4期。

危机，本雅明提出"技术决定"的艺术生产理论，从艺术生产力和艺术生产关系层面洞悉到了现代科技对艺术生产方式的重要作用，"从此不但能够运用在一切旧有的艺术作品之上，以极为深入的方式改造其影响模式，而且这些复制技术本身也以全新的艺术形式出现而引起注目"①。

新世纪，报告文学在夹缝中艰难发展，既要适应新时期文学大众化的发展需求，又要在发展中坚守初心；既要充分考虑文化生态和读者的需求，又要反映与大众生存发展攸关的社会生活；既要娱乐大众，又要深入关注现实、介入现实、思考现实。报告文学的特质是一种知识分子的写作方式，不只是展示感性的材料，还应该为读者提供思想的元素。文学性与媒介的异质耦合成为新时代的一大景观，这对新时代的报告文学作家提出极高的要求。

媒介时代导致人们生活方式、交流方式随之变化，网络普及，文学网站遍地开花，影视、多媒体娱乐、电子数字化消费等多元媒介形成信息化生活的"中介"，整个社会的浅阅读、图像阅读、轻松阅读、消遣娱乐式阅读，成为人们日常阅读的主流。媒介化的生活情境逐渐成为一种生活方式，让我们沉浸其中。报告文学身处这种媒介化生活情境中，很难"独善其身"，视觉文化取得某种文化霸权地位的时代，图像媒体竞争的时代，声、像多元化媒介并用的时代，报告文学作家要适应并且主动借助科技力量创新发展，同时凸显自身在选择、叙说和语言诸方面的优势。黄忠顺说："我们俨然已经进入了一个由影视来造就文学读

---

① [德]瓦尔特·本雅明著，许绮玲等译，《迎向灵光消逝的年代：本雅明论艺术》，广西师范大学出版社，2004年，第59—60页。

者,引领文学阅读的时代。"①雷达说:"新世纪的文学有没有动人心魄的力量,就看它能否不断发出清新而睿智的独特声音。它无疑要被数字化、复制化、标准化的汪洋大海所包围,这是原创性被消解、个性被削平的最大威胁,而艺术一旦失去了个性的表达就不再有魅力了。"②

传播媒介的兴盛,从根本上改变了报告文学的采访创作方式、发表出版形式、传播消费模式,为其创作、发表、传播等带来了革命性的变革,迫使其必须积极适应生存环境的变化,主动借助和运用影视、广播、网络、视频等大众媒介来扩大自身的影响力,提升自身的价值,从而推动报告文学积极寻求被改编成影视、视频、广播节目,借助电台连播、荧屏银幕放映,利用网络平台推广,转化为电子书等,实现自身社会效益和经济效益最大化。

电视、广播、网络等媒介,因形象化、便捷化、快速化等优势,短时间内对观众有很强的吸引力,但是缺少深度的平面化的制作,缺少思考挖掘的空间,只是为受众提供一种"快餐"文化,往往历时未能持久。媒介化文学崇拜的文学常常不是信仰的文学性,而是完成自我表现、自我实现、自我成功的媒介性。文学作为一种语言艺术,它以富有表现力的语言建构的蕴藉丰富的形象世界,会给读者带来持久深刻的影响力,读者在阅读作品的时候会形成一个可供从容咀嚼回味、想象内化的空间。当下,报告文学的题材优势已经不复存在,作者必须根据对象实际选择其中有利于用报告文学方式报道的部分,强调它的立体和深度,坚持新闻的真实性,文学的艺术性,成为文学领域的深度调查报

---

① 黄忠顺,《新世纪文学现象三题》,载《文艺争鸣》,2007年第10期,第46—49页。
② 雷达,《新世纪文学随想》,载《地火》,2001年1期,第23—25页。

告，为读者建构一个深刻的历史文化空间，长久回味。

优秀的报告文学作家总是善于创新，20世纪80年代以来，赵瑜几乎每一部作品都有不同形式的创新，从不成熟走向逐渐成熟。报告文学创作之初，作品《中国的要害》在社会尤其是山西地区引发广泛反响，评论家认为作品"带有鲜明的创新超越特点，成为又一个报告文学高潮的先声"。《马家军调查》的创新在于"它第一次较全面而成功地借鉴了小说在典型塑造、心理描摹和直抒胸臆等方面的艺术手法。证明报告文学可以在文学性上达到与小说同样的高度"①。《马家军调查》的成功主要在于对小说艺术尤其是对小说的写人艺术的全面借鉴与吸收，《革命百里洲》的意义则在于对包括小说、诗词、曲赋、散文等传统形式在内的民族艺术的全面吸收与融合，借鉴章回小说与评书手法，大量引用和化用了包括唐宋诗词在内的众多中国古典诗词、曲赋、文句，在语言和修辞上广泛运用口语、对仗、排比等。值得一提的是，《野人山淘金记》创作中，赵瑜充分借助图像媒体的传播优势，在文本中放入大量照片，将文字媒体和图像充分结合，增加文字媒体的形象性和新颖性，也是文本的一种创新。这不仅只是看图说话，也是一种文图的相互印证和参照，内容上不关联文字和图片，但是用镜头和文字的相互融合。

随着科技、传媒的发展，"文学图像化"成为新世纪文学研究的对象，伴随"图像时代的文学"与"消费时代的文学"的频繁出现，图像以外在或内在的方式介入文学，使文学呈现出与传统不同的生产、传播、消费、阅读形态。电子技术给文学"解魅"，图像逐渐成为我们生活的主导。

---

① 章罗生著，《中国报告文学发展史》，湖南人民出版社，2002年，第53—57页。

从文学史上看，图与文相得益彰的例子很多，比如张爱玲《传奇》的封面，以一个突兀的现代人立于窗外的"鬼影"来窥探旧上海的"日常"生活，打开了洋场社会的一扇窗。《野人山淘金记》的文本创新，是作家又一次独立思考，摄影作品和文字相得益彰，被评论家称为"摄影纪实文学"，超越了一般图文书，形成了图像化与文字文本的双重优势。赵瑜在研讨会上说："因为这本书是图文并茂的合谋，我希望作家拿起照相机来，同时希望摄影家拿起笔来，两者紧密结合，可能会进入一个新的写作时代。"[1]赵瑜的创新体现在每一篇报告文学作品中，但最难得的是赵瑜一直勇于创新的意识，坚持时时创新，"时代在前进，传播手段在变化，你忽略它，它仍在前进在变化，我们不得不去面对它。图像与文字相结合是我的一个愿望，继而实验，是为了让作品获得更好的生命力，不管是批判还是好评，形式的实验是为了探索，而不是定论大胆创新"。

图像化作品带来文学传播的普及性。从外在形式上说，"图像化"可以指图像对文学的外部形式的介入，比如为书籍加上华美而大比例的封面、封底、插图，在印刷时采取不同的字体字号以示强调，直至发展到"纸上电影""纸上偶像剧"的地步，是时尚的彩色"小人儿书"。从实质性来说，"图像化"在运用结构的故事性、叙述的情节性的同时实现了表达深度上的多元。将优秀的报告文学作品与多媒体连接，发展成为电影或电视的"仓库"，实现从文本到音频、视频的过渡，以影视剧或小品的形式为大众所熟悉，纸质文本的知名度靠电子媒体传播，"读图时代"也是后现代消费主义的必然产物。报告文学则要重点实现

---

[1] 赵瑜著，《真相调查赵瑜非虚构写作论谈》，北岳文艺出版社，2017年，第48页。

对现实世界的观照，把对"人"的关注与表达裂变为表层的现实关怀与深层的人性关怀两重，转化为对人生实际存在问题的思考、阐释。文学消费最典型的特征莫过于文学作品的"图像化"潮流，这也预示着视觉形式语言在"读图时代"的解构与重构。

文学"图像化"现象包括各种"绘本"文学、摄影文学、电视文学、文学影视化、名著影视改编等。报告文学一旦改编成影视作品，由于影视传播特有的大众传播性，会立马给报告文学的传播插上翅膀，反过来促进纸质文本的传播，增强报告文学原著的公众影响力。何建明在"文学—影视化"发展道路上，无疑是一个成功者，多部作品改编为影视作品，"长篇报告文学《部长与国家》改编成三十集电视连续剧《奠基者》，在中央电视台2010年开年大戏黄金时间播出；长篇报告文学《国家行动》在2008年改编成二十四集电视连续剧《国家行动》，在中央电视台一套播出；《落泪是金》同时被改编成二十二集电视连续剧；2002年，长篇报告文学《根本利益》出版，改编成电影《信天游》；2000年，《中国高考报告》改编成电视连续剧《命运的承诺》；1996年，中篇报告文学《帐篷部落》改编成电影《路边花》；1985年的中篇报告文学《大押解》在1990年改编成电影《西行囚车》和电视连续剧《女囚长》"①。

报告文学的发展，依赖一批文体意识强、勇于创新、永葆生机与活力的报告文学作家，他们更多关注百姓关切的社会热点、焦点、疑点和难点问题，更多地指向现实，描写小人物和底层生活，反映普通人生存状况，借助新媒体、新技术的手段，充分将文学与多元化的声像技术结合，实现未来报告文学的繁荣发展。

---

① 余三定、周淼龙主编，《何建明评传》，重庆出版社，2014年，第250页。

像阿列克谢耶维奇那样更多地关切全社会及至全人类的生存与发展，能带给读者更多的思想震撼和启迪，更易引起心灵共鸣和情感共振。报告文学作家将历史与现实视域下大量的优秀报告文学作品和多媒体技术融合，实现文学—影视的多元结合，改变为广播剧、话剧、电视剧、纪录片、电视政论片、专题片等艺术样式。报告文学作家也在探索文字与摄影、图片、视频等相结合的形式，如李鸣生、赵瑜分别推出了摄影报告文学《震中在人心》《野人山淘金记》等新样态作品，获得了成功。有的作家在积极探索"微报告""微传记"，如黄传会发表的"三分钟读懂六十六年人民海军史"的微纪实，广受赞誉。

作家要坚持文化创新，在创新中构建和谐文化，新时期构建和谐社会，发展和谐文学，文化创新是关键。一切优秀文学作品都是在继承和积累中不断创新和发展的，文学作为生活的"教科书"，应当走在创新的前列。作家要紧跟时代步伐，响应新时代的号召，赋予文学作品以新的内容和形式，要正确反映不同方面、不同地区、不同类型群众的生活风貌，激发人民群众文化创新的活力，从而为文学输入新鲜的血液，营造富有时代特色的和谐文化氛围。最后，作家的创作要面向广大人民群众，坚持以人为本的创作观。人既是文化建设的主体，又是文化消费的主体，文化建设的目的就是以人为本，发挥文化对于人的积极作用，促进人的全面发展，作家应当真诚地与读者平等对话，而不是以神圣宣谕者的身份对读者进行说教，作家要把自己定位于普通读者中的一员，面向广大人民群众进行创作，努力让文学作品走下"神坛"，以通俗、生动的语言文字反映生活，阐发道理，和读者共同体验"痛苦与欢乐、幸福与不幸、成功与失败、矛盾与冲突、前途和命运",与读者产生情感的共鸣。在当今传播形式多样、消费快餐化的时代里,文学若能在情感上保持与最广大读者的血肉联系,必将成为读者最亲密的精神伴侣,传播先进文化,弘扬和继承传统,为构建社会主义和谐社会,发展和谐文学添砖加瓦。

这是一个最好的时代,也是一个发展报告文学的最好的时代。社会发展需要报告文学去记录与讲述,去反映与揭示国家民族面临的困难与挑战,去做出解析和回应。习近平总书记提出,要讲好中国故事,报告文学坚持履行文体使命,讲述一个个深刻、动人、发人深省的真实故事。现实和历史浇灌着报告文学,时代和读者需要报告文学,作家和创作者喜欢运用纪实手法创作,所有这些共同决定了报告文学这种追求真实性品格的文体必然具有强大的生命力。

第七章
时代创作与范式转换：
从自主写作走向主旋律下"邀约创作"

20世纪90年代以来，伴随经济全球化、全民娱乐化、时代休闲化的到来，新兴科学技术的快速发展，信息的"爆炸式"增长与便捷化获取，文学的生存空间受到严重挤压，报告文学这一新闻体文学受到了巨大的冲击。新世纪"自媒体时代"的到来，快餐式的影视、网络文化产品成为文学经典的替代品，在普通大众中间获得了更多的关注，作为精神文化产品的文学逐渐被商业同化，技术挤压，演化为边缘化的弱势话语。

作为一种时代特征鲜明的文体，报告文学的生存依托多样化媒介和写作方式，及时向读者传递新鲜的资讯和讯息，让人们及时了解正在发生或新近发生的大事。尤其是国家大事、民族危难之际，社会更加依赖报告文学勇于担当的文体特质，报告文学作家都积极投身其中，及时记录社会重大事件。但是，商业化浪潮冲击下，物质至上观念的影响下，人们更强调物质的享受而忽略精神的富足，曾作为文学"轻骑兵"的报告文学的"战斗性"显得不合时宜，甚至和新世纪人们的生活格格不入。但是，报告文学创作过程的艰难性倍增与社会评价的骤减之间的矛盾，让报告文学作家承受着更多的辛酸和诟病。作家选择了各自的写作方向，一些作家对利益的追求超过了对责任的坚守，完全走向市场，面向市场写作；一些报告文学作家面向历史写作，面向自我写作。有些报告文学回避现实生活和拒绝承担社会责任，不断刺激读者观众的消费与享乐欲望，社会功能日益萎缩、退化，并且失去其庄重性和严肃性；在报告文学发展困境之中，一些作家紧跟现实，关注社会问题，反映国家发展进程，求新求变，使近期报告文学呈现出生动可喜的局面。报告文学作家和创作选择已经出现了明显的分化分流现象。李炳银认为，其实对报告文学创作现状的认识评价，是有一个对报告文学的认识感受问题存在。有不少人缺少对报告文学独特个性的认识理解，总是以传统的甚至以诗歌、小说为正宗的文学观念来要求报告文学，向必须坚守真实性原则的报告文学要求故事情节生动性等所谓的文学性，这是报告文学无法满足的；也有一些人，出于对现实社会的偏见，主观地放弃客观观察评价现实的立场，对很多真实描绘社会发展建设成就的作品给予排斥；还有，报告文学多是承担严肃厚重的社会题材和话题，很多年轻的读者对此缺乏兴趣，难以接近，等等。如果真正走近报告文学创作，就会发现，对其比例分析时，报告文学的优秀作品占其数量的成功率是远高于诗歌、小说创作的，而且报告文学因为事和人带有史性价值，从而具有很强的生命力量。当然，这些现象也不能够成为报告文学需要不断改进探索发展的理由。报告文学是一种时代性很强的文体，发展空间广大，是可以为伟大作家作品提供可能的创作活动。报告文学现如今是可以有很多期待的文学创作对象。

20世纪90年代以来，各种"非报告文学化"出现，如"广告文学"，被称为报告文学领域的"表扬稿"。这些作品创作相对粗糙且显得急功近利，目的并不单纯，强调报告文学的宣传性，为官员、商人、"英雄模范"、企业家等立传，文学商品化倾向凸显。赵瑜称自己坚决反对这样的作品："这不仅对纪实写作，对整个文学来说，都是极大的破坏。"同时，另外一类主旋律式的"推介性宣传作品"开始出现并逐渐盛行，歌颂时代涌现的英雄模范，感动人心的事迹，基层人物做出感天动地的事情，都值得作家去创作宣传。这些作品不仅拓展了报告文学的公共性视野，延伸了报告文学的社会功能，对作家个人而言，拓宽了作家队伍的组成，丰富了作家的创作视域，也是对作家固守文体局限的补充，让作家有更好的机会开拓视野。这一类中涌现出一批优秀的作品，如何建明的《那山那水》《山神》《浦东史诗》，李春雷的《幸福是什么》，王宏甲的《南仁东传》《智慧风暴》等作品，不仅具有重要的文献价值、文学价值，同时兼具现实意义，紧密关注时代发展需求，具有思辨性和科学精神，符合新时代的社会发展需求。一部优秀作品不光要有现实意义，还要有启示的意义、反思的意义。一些闪现时代光辉，积极传递社会正能量、社会主流价值观的故事为整个社会需要，也契合了国家和民族发展的需要、国家治理的需要。

有研究者将新世纪以来中国报告文学生产方式分为"点名写作""独立写作""签约写作""策划写作"四种方式[①]。"点名写作"是指某作家被某机构点名写作特定题材或人物的报告文学，其载体主要是报纸，为政治意识形态宣传的功能较强，写作主体一般为已经成名的报告文学作家。"独立写作"指作家独立从事报告文学采写，"写什么"和"怎么写"都由作家自己决定，传

---

① 何轩，《全媒时代报告文学影响力的建构与传播》，中国作家网，http://www.chinawriter.com.cn/wxpl/2012/2012-09-07/140522.html.

播载体主要是刊物和图书，往往带有较强的社会批判性。"签约写作"指各级作协机构或报刊编辑部，按照事先的选题，根据写作申请，与作者签订写作计划。"签约写作"的报告文学导向明确，其传播载体主要是刊物和书籍出版物。"策划写作"指刊物编辑部就某一选题与写作者达成的计划写作，一般在刊物的固定栏目发表。"策划写作"通常是刊物先有选题策划，然后考虑作者选择，尤其要考虑读者、市场和社会因素。"策划写作"方式已成为提升报告文学公众影响力的重要写作途径之一。

第一节　质疑与关怀："邀约写作"的现实质疑

20世纪90年代，是报告文学发展的"转型期"。商业化刺激下，"广告作品""有偿报告"出现，一些报告文学打着文学的"幌子"宣传某些个人、企业、部门或机构的"丰功伟绩"，企业家"出钱"集中组织作家采访或赞助出版费用，以传播企业生产经营理念与商品信息。当时许多刊物自负盈亏，靠发表"广告文学"弥补经济亏损，赚取读者眼球，一些作家为了名利和物质，打着"报告文学"的旗号，为企业家树碑立传或为某产品招徕顾客。报告文学作家在积极主动发掘并讲述社会生活中的热点或不为人所知的一面时，命题作文、歌功颂德的广告文学盛行，用文学宣传产品，报告文学和金钱、利益勾连，严重削弱报告文学的真实性、可信度、感染力和影响力。当前社会对报告文学的质疑，毋庸置疑的一部分是社会对历史视域中的"广告文学"的"偏见"。

在西方文学中，也存在文学的赞助人和供养人（作者）的关系，这是另一种形式的"经济合谋行为"。古老的文学供养制时代，是写作者天然地作为一种精英而存在的时代。18世纪以来，作者与读者、赞助人（他们的名字往往在文学、绘画、音乐作品的"题献"中出现）之间渐渐地建立起了一种新型的交流关系，文学写作者的身份由贵族和精英转向一般大众。19世纪末，传统意义上的赞助者日渐减少，稳定的文学消费市场渐趋形成，这就使得文学的作者有可能离开传统赞助人的支持，"市场"替代传统赞助人的角色，作者直接从市场中获取一定的回报。这也导致一系列严重问题的出现：首先，文学商品属性暴露无遗，并成为主导文学发展的重要力量。其次，作者为了获得经济利益，必须"屈服"于市场，委曲求全，甚至牺牲自尊。因为以中产阶级和一般大众为主体的市场经济，逐渐建立了自己的美学和价值取向。20世纪初，欧洲"文学现代主义"发生，出版人作为新的"供养人"，带来了结构、文体、语言方面的重要革命，但"供养人"和作者也是基于经济利益的合谋。如"《尤利西斯》在法国莎士比亚书店出版（1922年），艾略特的《荒原》发表时的市场操作手法不尽相同，将文学作品变成一种带有神秘色彩的商品，通过限量版的发行或类似于艺术收藏品市场的机制，吸引资产阶级精英和投资人，然后再通过这些精英和投资者来激活市场，让大量普通读者跟进，这样的操作手法与现代证券市场的操作模式十分类似"[①]，无孔不入的市场机制渗透到文学的一切领域。

"邀约写作"是有些部门或社会机构、非政府组织或企业、团体或先进人物典型，做出了一定的成绩，拥有一定的社会影

[①] [美]劳伦斯·雷尼，《现代主义文化经济》，见《现代主义》，辽宁教育出版社，2002年，第71—73页。

响，便专门邀请一些报告文学作家进行宣传创作，作家按照指定的题材、内容或对象撰写作品。"邀约创作"作为一种组织创作，相关机构为作品的采访和出版提供了良好的条件，作品的内容宣传社会正能量，代表时代进步的方向，对于激励人们学习先进、崇尚真善美、营造良好社会风气有一定价值。但缺乏深度思想力量和人文价值的文学作品，个性和创新不足，最终导致读者的大量流失，严重破坏了报告文学的生存环境。"邀约写作"中确实存在写作的另两个极端，一是容易将"邀约写作"写成歌功颂德的、纯粹的"表扬稿""广播稿""记功流水簿"，一是基于物质利益的诱惑和驱动沦落为"有偿报告文学"和"广告文学"。无论何种情形，约请者都要为作者提供采访及出版等诸多便利或好处甚至高额报酬，免费出书、宣传推广等，基于此，创作者很难保持完全独立的采访、独立的思考、独立的写作，此类作品中有部分作品完全是为被采访者说好话、唱赞歌，沦为一种表扬稿、功勋簿，纯粹沦为"歌功颂德"的记事本。甚至有些作品必须经过约请者的审查、"修饰"才允许公开发表，完全丧失了文学的独立性，沦为商品经济的产品，知识分子的品格被质疑。这正是"邀约写作"经常会引发"非议"的原因。

报告文学最大的问题是"广告文学"，树碑立传式的广告文学、媚俗媚世的文学给报告文学发展带来冲击。徐光荣认为，"报告文学商业化是问题的症结之一，并不是这种文学体裁本身的社会功能出现问题，而是很多承载报告文学的刊物不能够针对社会热点问题、重大事件做出及时反应，而变得极度商业化，常常是为某位企业家或者为固定的商业目标服务。现在不少单位和个人，都借用报告文学这种形式，对自己的形象进行宣传，致使报告文学大多沦为'吹捧文学'，严重糟蹋了报告文学的形象。

而一些真正反映和透视社会真实状况的报告文学，却鲜有面世的机会和环境。"①尹均生认为，"确有少数作者在金钱的驱使下，写了一些胡乱吹捧的广告报告文学，但在众声讨伐中，很快就销声匿迹，未成气候，报告文学阵地依然固若金汤。"②"广告文学"和"邀约写作"严重损害报告文学创作队伍的文化品格，在一定程度上损害了报告文学的声誉和影响力。

有人说，20世纪90年代报告文学已经死亡，学者赵勇说："报告文学并没有死亡，而是悄悄变换了其存在方式。当那些经营企业的老板完成了自己的原始积累，当一些大大小小的官员在自己的位置上坐稳了屁股，他们想为自己树碑立传、青史留名的念头也便油然而生。文体嘛，就用那个报告文学。传主的虚荣心一膨胀，这事就算做成了。就这样，一批又一批的歌颂型报告文学应运而生，这种文体也因此脱胎换骨。原来它是'吃'问题，自然吃得满脸凶相，营养不良；自从改'吃'老板和官员后，顿时便富态相十足，显得心宽体胖，满面红光了。"③赵勇年轻时，因为二十年前"当时也穷得叮当响，为了把这点银子挣回来"，经人引荐接了一个写"广告文学的活儿"，为某市、县、镇财政局（所）的局长或所长写书，千字25元，因此也挣了一大笔钱：1730元。"至此，写恶心了。我是小打小闹，而那些功成名就的报告文学作家干起这种事来，更是轻车熟路。如今，他们写一篇，给个十万八万的，恐怕都不能算多。众人拾柴火焰高，大家都挤到报告文学里讨生活，你还能指望这种文体有多大出息？它不是一堆甜言蜜语堆砌起来的车轱辘话，还能是什么？"这样

---

① 《报告文学陷入窘境？专家称"追求商业化惹的祸"》，中国作家网，http://www.chinawriter.com.cn/2012/2012-08-24/139164.html.
② 尹均生著，《国际报告文学的源起与发展》，华中师范大学出版社，2009年，第398页。
③ 赵勇，《报告文学的荣与衰》，载《南方都市报》，2014年6月22日。

的例子比比皆是，四川省内江市人民银行宣传干事、业余作者向思宇开始自发写作报告文学，为了生计，写收费的宣传文学。简阳要推广羊肉，需要一本书推介他们的养殖业，介绍简阳的历史，向思宇写了六万字，谈好千字千元。"现在报告文学的名声也不好，给领导歌功颂德的很多。"①

一篇好的报告文学的创作，需要作者花费大量的时间、精力、财力与体力，报告文学的文体真实性要求作家花费大量的时间去采访创作对象，且尽可能地亲临现场，深入事实；报告文学的深刻性要求作者深入、广泛采访周边群众，避免"一家之言"，采访对象复杂，内容繁复，采访周期较长。理由说，报告文学是"用脚走出来的"，创作成本高、难度大。有时，因为创作题材的敏感，甚至发表无门、出版无路。正是基于报告文学问题的特殊性，创作任务的"艰巨性"，"邀约写作"给报告文学创作提供了一种"便捷之路"，甚至成为一种常态。由创作对象或有关部门约请指定的作者去创作确定主题的作品，由约请者支付全部或部分采写费用；有的还另外支付相当可观的报酬，有的被采写对象把作者邀请到自己的城市，吃、住、行、安排采访过程、包出版作品、包开研讨会推广等等，属于"命题作文"或者"任务写作"。李朝全认为，"从实质上看，创作的邀约者对于写作和最终的作品大都会有某种要求或企望。这无疑将在一定程度上约束着作者的创作过程。"②

"广告文学"和"邀约写作"存在极大的差异。首先，本质差异。"广告文学"是"广告"不是"文学"，只是借助文学手段

---

① 冯翔，《报告文学能否万岁？》，载《南方周末》，2014年6月13日。
② 中国当代文学年鉴中心、中国现代文学馆编，《2012年中国当代文学年鉴》，百花洲文艺出版社，2013年，第190页。

和技巧，近似新闻宣传式的直接推销，自它获名起，就和真正意义上的报告文学逐渐疏离了关系。"邀约写作"的报告文学，其本质依然是"文学"，不是"广告"，是报告文学一种创作方式，只是在采访、创作、出版的过程中获得一些便利。其次，目的差异。"广告文学"的创作，从本质上说是为了获得利益，即"有偿报告"，为获取政治或者经济上的便利。"广告文学"所借助的就是报告文学表面的新闻因素，并在实际中把这种因素放大和扭曲，使其失去为报告文学服务的功能而纯粹地变成文字"广告"。"邀约写作"不是为了获取利益，只是在特殊情况下一种创作的方式，和报告文学作家的使命与责任没有背离。再次，手段差异。"广告写作"的目的是获利，为了最大限度获取个人利益，让受邀者满意，往往会出现媚俗、贪利，为了达到目的不惜一切代价，甚至"捏造事实"，这已经完全脱离报告文学的范畴，更谈不上文学手段的运用。

　　毋庸置疑，揭露性和批判性成为报告文学的文体优势，正如何建明所言，"大众心理视角下，与社会主流形态相反的人物总会引起更多的关注和好奇，加上中国知识分子反社会批判意识，人们期待看到批判性很强的报告文学。"[①]"邀约写作"的报告文学是新时期报告文学的一种类型，且近年来也出现很多优秀的报告文学作品，如赵瑜等人采写的《王家岭的诉说》（获第三届"鲁迅文学奖"，"长篇报告文学奖"），是由山西省委宣传部、山西省作协等有关单位专门约请创作的，对王家岭矿难进行了深入的采访，内涵深厚，堪称2010年度最好的一篇报告文学作品。李鸣生的《震中在人心》（获第五届"鲁迅文学奖"、徐迟优秀报

[①] 何建明著，《当前报告文学创作中值得注意的几个问题.报告文学艺术论》，中国作家网，2012年3月29日。

告文学奖）、何建明《生命第一》（获第二届"中华优秀出版物奖"）是在中国作协组织作家采访汶川地震抗震救灾过程中涌现的，感人至深，是迄今为止关于汶川地震最优秀的文学作品。在1998年抗洪、2003年抗击非典，在青藏铁路、南水北调等重大事件中，也涌现出了诸如杨黎光《生死一线：嫩江万名囚犯大转移纪实》《瘟疫，人类的影子：非典溯源》、何建明《北京保卫战》《大桥》、徐剑《东方哈达》、梅洁《大江北去》等一批优秀的"邀约写作"作品。

优秀的"邀约写作"和歌颂式报告文学作品的创作依赖其文学性、艺术性、文本的结构和语言表达等艺术手段，纯粹主流意识形态的宣传之作要让读者接受并喜欢，往往需要创作者感情更加饱满，思考更加深入，紧密地关切现实，由此给读者文学和艺术的享受，才能获得长久的生命力和影响力。

第二节　历史与发展："邀约写作"的历史传承

"歌颂体"与"邀约写作"在中国报告文学发展史上长期存在，被视为"主旋律"报告文学。"歌颂体"报告文学的文本表征是颂扬时代主旋律，紧紧把握"以正面宣传为主"的方针，贯穿"以正确的舆论引导人"的思想精髓，根基是主旋律报告文学。"主旋律文学"和时代文化生态紧密相关，反映具体时代的政治、经济、文化并受其制约，表现主流的意识形态和价值观，以歌颂式为主。每个社会每个时代都有历史发展的主流，都有它的时代固有的精神，因而也都有意识形态领域的主旋律。丁晓原认为，主旋律所表示的主流价值观念，可以用"时代精神"置换表述①。穆青认为人物通讯应写出鲜明的时代精神,时代精神是人民群众的"精神境界、思想风貌,就是他们作为国家、社会主人翁那种历史主动性的最本质的表现。这种精神和思想,应该成为人物通讯的基本的主题"②。

"从文体的流转我们可以看出,主旋律报告文学基本上导源于新闻通讯。"③不同的时代,有不同时代的精神特点和内容,报告文学反映时代"主旋律"的主题也在不断变化。20世纪30年代,抗战全面爆发后,文艺界达成"文学为抗战服务"的基本共识,同时也在创作实践中表现出"宣传第一,艺术第二"的浓烈气氛。抗日战争时期的时代精神是团结一切力量,打败日本侵略者,报告文学反映的主旋律是"文艺为战争服务",如周立波的《战场三地》、沙汀的《随军散记》。四五十年代以来,报告文学反映的"主旋律"是新中国成立,歌颂英雄人物和革命领袖,歌颂新中国建设,以李若冰的《祁连雪纷纷》、靳以的《跋涉者的问候》、碧野的《在哈萨克牧场》、柳青的《王家斌》、秦兆阳的《姚良成》、沙汀的《卢家秀》、田流的《王运升》等为代表,这些作品生动展示了祖国经济建设的日新月异,讴歌了人民群众的创造精神。"文革"时期报告文学是"文革"政治的产物,"无知的现代迷信被当作先进的时代精神,违反历史真实的阶级斗争为纲理论被奉为现代经典,荒唐成了正经,这是对报告文学理性精神的两次重创"。80年代以来,时代精神是改革开放、全面发展、富国强民,但在急速发展的同时也面临多样的社会问题,报

---

① 丁晓原著,《文化生态视镜中的中国报告文学》,复旦大学出版社,2008年,第25—26页。
② 穆青著,《谈谈人物通讯采写中的几个问题》,见《穆青论新闻》,新华出版社,2003年。
③ 丁晓原,《"主旋律"报告文学的叙事优化——读〈朋友,我能给你什么〉》,载《当代作家评论》,2012年第2期,第86—90页。

告文学以介入现实的"批判"方式反映时代精神,歌颂新人新事、弘扬主旋律是体现时代精神,暴露黑暗面、鞭挞丑恶现象也是时代精神的重要体现。我们正处于社会的转型期,新生事物纷繁复杂,良莠不齐,社会丑恶现象的产生不可避免,报告文学要敢于正视现实,敢于批判和揭露,更好地发挥自己的战斗作用。90年代中国社会全面转入市场经济的轨道,"躲避现实前沿是90年代报告文学创作中存在的一个最为基本的问题"。报告文学一定会在时代规定的语境中,按照自身发展的规律,记录、思考着我们这个喧嚣世界的行进轨迹。

《中华人民共和国宪法》明确规定:国家在意识形态领域的导向,作为社会生活能动反映的文学艺术,应当努力突出主旋律,为经济建设和改革开放提供强大的精神动力,帮助群众推动历史的前进。新中国的几代国家领导人十分重视文艺的发展与路线问题,贯彻"文艺的主旋律",毛泽东谈到"艺术上的政治立场"问题;新时期以来邓小平同志也一再强调:"我们的文艺,应当在描写和培养社会主义新人方面付出更大的努力","要通过有血有肉、生动感人的艺术形象,真实地反映丰富的社会生活,反映人们在各种社会关系中的本质,表现时代前进的要求和历史发展的趋势,并且努力用社会主义思想教育人民,给他们以积极进取、奋发图强的精神";江泽民同志关于主旋律的指示,提出要"突出主旋律、发展多样化"。这在改革开放、商品经济的发展,人们的观念变革的社会背景下具有重要的现实意义,经济越是发展,越是要加强爱国主义、社会主义和集体主义的思想理念教育。2019年7月,在中国文联、中国作协成立七十周年之际,习近平发来贺信,指出"新中国成立七十年来,广大文艺工作者响应党的号召,创作出一批又一批脍炙人口的优秀文艺作品,塑造了一批又一批经典艺术形象,弘扬了民族精神和时代精神,为实现国家富强、社会进步、人民幸福作出了十分重要的贡献。中国特色社会主义新时代呼唤着杰出的文学家、艺术家。希望未来团结带领广大文艺工作者记录新时代、书写新时代、讴歌新时代,为繁荣发展社会主义文艺事业、建设社会主义文化强国,为实现'两个一百年'奋斗目标、实现中华民族伟大复兴中国梦作出新的更大的贡献"。没有"主旋律",没有文学作品对主旋律的呼应与彰显,整个社会就会缺乏时代精神,人们就会患上精神贫乏与萎靡的"不治之症"。

社会对报告文学中的"主旋律"作品依然存有"非议",其原因,一是20世纪80年代"问题式报告文学"的繁荣发展让读者记忆犹新,对生活中的假恶丑等现象进行揭露,以批判性、反思性见长的报告文学让读过报告文学作品的人都大呼"过瘾",并将批判性作为报告文学价值判断的标准。20世纪80年代的一些报告文学常会产生一种"轰动效应",也是报告文学满载"光荣与梦想"的时代。1980年开始,连续举行了四届全国优秀报告文学评奖,从1977年至1986年的报告文学作品中,共评出了一百零四篇优秀作品。在中国作协第四届(1985—1986)全国优秀报告文学评奖中,就有六篇"问题报告文学"获奖,占获奖总数(二十二篇)的百分之二十七。1987年,由全国一百零八家文学期刊发起、历时一年的"中国潮"报告文学征文,成为文坛最重要的事件之一。报告文学得到了迅速的发展,成为当年文学创作中的类别之一。仅以由《人民文学》《解放军文艺》联名倡议,全国一百零八家文学期刊共同发起的"中国潮"报告文学征文为例,在获奖的一百篇作品中,有半数是属于问题报告文学,其中获一等奖的十篇作品大多数是这一类作品。到1988年9月30

日止,各家刊物共发表征文千篇,经评选,共有一百篇获奖,其中《西部在移民》《走出神龙架》等十篇作品获一等奖。1988年被作为"报告文学年"而载入中国当代文学发展的历史。这一类作品的数量和产生的反响都是空前的,报告文学涉及的题材遍及教育、卫生、体育、经济、人口、就业、物价、婚姻、政治、法律、军事等各个领域,作品的总量数以百计。

二是报告文学作为知识分子的写作方式,知识分子以人类基本价值守护为使命,以人文关怀和启蒙性作为人类良知的守望者,知识分子当然要对社会现实密切关注,参与社会现实,发现社会问题,解决社会矛盾,应该对社会不合理的现象具有"预见性"。"主旋律"式的报告文学不是"预见""反馈"而是"滞后""跟随",因此,难以实现促进社会发展之职志。这是对报告文学文体精神和知识分子的狭隘理解,也是对"时代精神"的茫然。报告文学的文体精神,应体现为公共理性的精神,无论批判还是歌颂,都应持守理性精神和逻辑。"歌颂体报告文学"和"邀约写作"书写好人好事,记述英模事迹,彰显时代精神,及时发现与褒扬生活中先进的人物和思想,以鼓舞和激励更多的人。

过去的许多"歌颂"未处理好党性与人民性、主流意识与民间立场以及"宣传"与"文学"的关系,即片面强调了"为政治"甚至"为中心"而使"歌颂"变了味、跑了调。不管是"歌颂"还是"批判",都要统一在"关注百姓、关注百姓生存状态、关注百姓对民族和国家发展的要求与呼声"这一"主攻方向"。何建明说,"让宣传充分报告文学化"而不是让报告文学

"宣传化"①。

时代精神是推动生产力发展和社会前进的意识形态总和，它强烈反映着一定时代的意志、愿望和要求。所谓"主旋律报告文学"，可以表述为反映并歌颂当代中国具有典型意义的人物事件、倡导主流价值观念的非虚构作品。新时代的发展同样需要"主旋律"式的报告文学，让"歌颂体"和"邀约写作"承担起报告文学促进社会发展、引领时代精神、鼓舞百姓生活的社会价值。

第三节 创作与技巧："邀约写作"的"主动"与"被动"

"邀约写作"成为作家、评论家关注的焦点之一，在社会中备受争议，和"广告文学"一起成为社会对新世纪报告文学发展质疑的依据。

《南方周末》刊发的记者冯祥《报告文学能否万岁》一文中，作者将"邀约写作"和"广告文学"提出，认为"广告写作"是对物质利益的屈服，"邀约写作"是权力对报告文学的"招安"。"1996年，发表了赞誉时任大连市长薄熙来的报告文学《世界上什么事最开心》。作者在回忆文章中称，这部作品感动了她自己，'自个儿冲着墙壁哭'，2013年，薄熙来被判处无期徒刑，微博上有人多次以讥诮口吻提到这部作品。"②赵勇援引《南方周末》记者和赵瑜的对话，表达对"邀约写作"的担忧。记者问："中国报告文学如今处于一个什么样的地位？"赵瑜答：

---

① 刘雪梅著，《报告文学论》，吉林人民出版社，2000年，第174页。
② 冯翔著，《报告文学能否万岁》，载《南方周末》，2014年6月13日。

"越来越矮化、犬儒化。歌功颂德的东西已经把报告文学的形象全给破坏了。""赵瑜是圈内人，他知道的内幕应该更多。而这番话由他说出，其分量不可谓不重。但报告文学界的人士是否会因此反省一下这件事，我就不得而知了。"①何建明直言不讳："质疑已经成为一种常态。现在有些文艺评奖中，确实存在问题。某些作者认为获奖是了不得的事，拿的钱也多，就以金钱做买卖，我很愤怒。怎么能让人民币的厚度来决定作品水平！"②

"邀约写作"被质疑除了历史原因，也有现实的因素，除了社会中出现大量"邀约写作"的作品，社会评价较差，带来严重的负面影响，让读者对所有"邀约写作"的报告文学存在质疑，但更重要的是对文体和作家"独立性"的质疑。李炳银认为："邀约写作虽然也创作出了好作品，但作家在邀约写作时往往陷入一种被动写作，不是在观察、理解生活的过程中，也不是从兴趣、爱好、主张、理想等出发去选择题材，而是宣传主导下直接接触写作对象来写。我们写中国故事，中国故事不是我们作家创造的，而是社会方方面面的人在不同战线上创造的，我们应该去接触他们，反映他们，但在这个过程中，我觉得我们必须要有自己的眼光，要有自己的选择。"③

具体来说，"文学"作为人学，作为反映人类生活的精神文化产品，我们致力于将文学作为一种完全独立的文化形态。虽然，文学本身无法实现独立，但文学创作者是独立的人，文学创作是作家独立的主观精神活动，作家的思想和情感支配文本，以在场者的身份活动于文本之中。尤其是报告文学，其文体特质就

---

① 赵勇，《报告文学的荣与衰》，载《南方都市报》，2014年6月22日。
② 李婷、刘先琴，《报告文学如何找回自己》，载《光明日报》，2014年11月3日。
③ 何瑞涓，《报告文学"邀约写作"一定是被动的吗？》，载《中国艺术报》，2017年9月6日。

是一种"真实性"的新闻文体,拒绝虚假。报告文学作为"知识分子的写作方式",其创作主体是一群具有独立的身份、人格、思想的知识分子,恪守真实。报告文学是作家自主思考、独立创作、价值独立的文体。当然,这是从纯"理想"层面的思考,或是对报告文学给予一种绝对美好的愿望。因此,对"邀约写作"的"反感"首先就是从作家身份上背离了报告文学的"真实性"。

这其中有两个误解:误解一,报告文学是一种完全独立的文体,"邀约写作"改变了这种独立、真实的文体特质。实际上,报告文学的发展从来就不是也无法实现完全独立,报告文学的发展如前所述,从来就是和政治、经济、文化等密切相关。如丁晓原说,文化生态直接决定着报告文学的形成和流变,主要有一定时代的政治文化氛围,物质经济的水平、社会生活的样态和主体的人文精神情怀、话语立场以及受众的文化境界等。报告文学本来就注定无法成为一种独立的文化形态。误解二,报告文学作家是知识分子,知识分子具有独立的身份和人格,接受"邀约写作"改变了知识分子的身份和独立人格。作家身份的独立就是文体的独立吗?答案当然是否定的,中国知识分子、中国作家的独立性问题,始终是20世纪新文化运动的一个基本内容,并被几代知识分子热烈地谈论过。文学的"独立",并不是"自由创作",知识分子的独立性问题,从来就是与他的文化息息相关的。在相当长的一段时间内,中国作家的"独立性"是在"创作自由"中实现树立"独立的形象"的愿望,作家本身的独立与作家的产品——文学的独立可能其实并不是一回事。"自由写作的作家,同样可以写出并不自由的、功利性很强的作品。"①

"邀约写作"在创作中确实很容易走向两个极端,"广告化"或"纯歌颂化"(为了最大限度讨好邀约组织或个人,极度谄媚,完全忽略文学性,变成只有歌功颂德的产品),很容易就让报告文学的发展陷入困境中,要把握好创作的底线与技巧。首先,报告文学作家要坚守报告文学文体的本质特征,如李朝全所说,"守好创作的底线"。从作家本身而言,坚持洁身自好,杜绝利益诱惑,避免"唯利是图""见利忘义""利欲熏心";坚守报告文学真实性的本质,坚持独立构思、采访、判断,独立创作和取舍,将文本真实的基础建立在"事实基础"而非"主观基础"之上;坚持报告文学"文学性"的文体特征,报告文学是独立的文学体裁,应坚持文学语言的生动性、叙事方法的灵活性、谋篇布局的精巧性等。在艺术特色上多下功夫,拒绝单一化、庸俗化、谄媚化的"邀约写作",即作者要保持自己的创作个性,赋予作品文学的力量。其次,报告文学作家要把握好"主动创作"与"被动选择"的关系。作家在"受邀"时首先就陷入一种"选择被动"的状态,这种题材选择的被动,而不是创作的被动,"不是人家让你写你就写,就是完成任务"。作家要将所有的精力放在采访与创作的过程中,必须要有自己的眼光,要有自己的选择,主动的创作,保持写作者完全超然的、中立的立场,对创作对象秉持客观公正科学的评判。在创作中,不断增强作品的艺术质感,保持独立人格,担当起自己应该担当的社会责任。再次,"邀约写作"和报告文学的文本质量,社会价值并不能对等。衡量报告文学作品质量的标杆仍然是其"真实性""文

---

① 吴炫著,《中国当代文学批判》,学林出版社,2001年,第107页。

学性""社会价值"等要素,"邀约"并不注定不真实、没有文学性、没有社会价值。报告文学的社会价值衡量,依然需要报告文学作家坚持内心独立的特质、坚持观察现实并以知识分子的身份介入、坚持文学公共性特质、坚持将反映社会问题和促进社会发展作为恒久的使命。

  杨晓升认为,报告文学创作本身具有特殊的局限性,小说、散文、诗歌数量较多,但报告文学数量较少,原因之一在于写报告文学要投入大量的精力和物力,进行实地采访、调查,邀约写作一定程度上可以缓解这种压力。《中国作家》主编王山认为,邀约写作好像是人家让你写你就写,就是完成任务,但重要的是如何完成任务,是怎么写,恰恰是很多邀约作品完成得很好,感情饱满,思考深入,运用自己擅长的文学手段书写,他们的投入、奉献并不因邀约而减少。作为"邀约写作"的代表人物,何建明有充分的发言权,他认为,邀约写作也可以是主动写作,如何将邀约写作化被动为主动,也是作家的工作,不能简单说邀约写作就是被动的。比如《爆炸现场》,记录天津大爆炸,也是受到邀约,历时数月采访、写作,还原灾难现场,深入揭示了很多人们关注而不得知的细节,"他们希望我写,也是给了我主动的机会,我可以更多地用我的方式来思考一些问题,在这个过程中介入、做出判断,对问题进行书写,这就是一种主动"①。何建明说,有人之所以不敢承认报告文学的"歌颂"和"宣传"功能,是因为"中国作家在特定的政治语境中,在与瞒和骗的文艺的斗争中,形成了一种错觉,往往把激愤批判之作等同于批判现实主义,并把批判性文学当作世界文学的高峰来看,凡揭露

---

① 何瑞涓,《报告文学"邀约写作"一定是被动的吗?》,载《中国艺术报》,2017年9月6日。

性的就是好的，就是中国文学的方向，就是中国文学的最高水平。这种看法的偏颇在于，它忽视了一个民族的文学倘若没有自己正面的精神价值作为基础，作为理想，作为照彻寒夜的火光，它的作品的人文精神的内涵，它的思想艺术的境界，就要大打折扣"①。

全媒体时代报告文学面临的机遇与挑战并存，限制与转变同在，邀约写作的泛滥也是转身与蜕变的方式，在某种程度上并不能决定文本的质量优劣，可视作写作的方式。

第四节　内容与价值：英雄人物·重大事件·精神引领

纵观近年来"邀约写作"式报告文学优秀作品，在重大题材选择、创作规律把握、事实典型塑造上，往往有佳作诞生。其中，题材选择聚集在典型人物和重大事件是"邀约写作"的重要内容，报告文学作为时代的记录者尤其关注。脱离"问题报告文学"批判式"谏言"的介入方式，"邀约写作"报告文学实现其社会价值的方式为：坚守文学公共领域的价值立场，彰显、弘扬时代精神，呼应、反馈社会现实，引领、号召社会"正能量"，促进社会主流价值观实现。文运同国运相牵，文脉同国脉相连，报告文学作家直面中国变革，讲述中国故事，反映人民心声，记录在改革路上发生的重大事件、涌现出的典型人物，发挥报告文学作家应有的责任和使命。

我国报告文学有写人、写事的传统。张俊彪等认为"报告文

---

① 何建明著，《国家行动·后记：生命如歌，文学如歌》，新世界出版社，2004年，第205—206页。

学"是从散文中独立出来的一种文学体裁,是通讯、速写、特写等的统称,以现实生活中具有典型意义的真人真事或重大事件为题材,进行适当的艺术加工而成,具有非虚构性、文学性和政论等特点。①写人为主的报告文学,旨在再现人物的性格和精神风貌,反映人物的精神世界,展示人物的先进事迹。英雄人物书写是"典型环境中的典型人物","英雄主义"始终为人们崇尚,"英雄情结"是人们民族集体记忆的重要内容,所以"英雄主义写作"也成为报告文学中的审美期待,将英雄人物与时代精神紧密相连,创作出大量精彩的英雄叙事文本,尤其在市场经济滥觞的时代,对时代英雄人物的刻画和塑造,对英雄的呼唤尤为可贵,尤有必要。

报告文学作家清醒而颇具前瞻性地意识到这一时代的需要,着力描绘和刻画一个个英雄形象,致力书写英模,对于激浊扬清、扶正祛邪,弘扬良好的社会价值,塑造社会风气有积极作用。英雄人物的塑造,选择的人物自身价值在某种程度上决定了人物类报告文学作品的价值。如蒋巍的《牛玉儒定律》中塑造一心扑在工作上的呼和浩特市市委书记牛玉儒,中宣部、新华社等组织撰写河南省登封市公安局局长任长霞,杨世运的《假如再给我一次生命》、岳恒寿的《远去的背山人》描写的湖北民政干部周国知等。2004年,报告文学为一些健在的英雄树碑立传,为读者塑造了一个个活在自己身边的当代英雄,如何建明的《永远的红树林》主人公梁言顺,周文杰的《戴碧蓉》描写十一岁就成为小英雄的戴碧蓉此后三十多年光辉的历程,以英雄的人格精神魅力来激励人民,张雅文则以自己的生死经历和切身体验写出了

---

① 张俊彪、郭久麟著,《大中华二十世纪文学史》第二卷,江苏人民出版社,2012年,第159页。

《为了拯救生命1万：400万的牵挂》，小说家关仁山的长篇纪实《执政基石》推出"一心为民的好支书"李家庚，张坚军、孙群象的《时代见证慈溪农民报告》对当代农民企业家精英人物的塑造等，让我们看到了活着的英雄群象。如新中国六十年一百位感动中国人物、中央电视台评选的年度感动中国人物，还有全国道德模范、劳动模范、抗震救灾英雄、航天英雄和各行业的英模等。党益民的《守望天山》刻画了感恩图报、为一百六十八名战友默默守墓二十多年的陈俊贵（后获得"感动中国人物"称号）形象，傅溪鹏主编的报告文学集《大爱无疆》则收录了五十三位首届全国道德模范的先进事迹。作家何建明在他四十余年的报告文学写作生涯中，曾塑造过多个英雄人物形象，刻画得生动、立体，华西村老书记吴仁宝、锲而不舍修"天渠"的硬汉黄大发、蹬三轮车的好人白芳礼、大学生焦三牛、"独臂将军"余秋里、纪委书记梁雨润、"两弹一星"功勋科学家王淦昌、地质学家黄汲清、消防员岩强、开农家乐的村民春林和春花夫妇，等等。各行各业的人物在他笔下都有所塑造，这些人物及其故事给人留下了深刻的印象。

写事件为主的报告文学常常以现实生活中的典型事件为中心，描写众多的人物，揭示事件所蕴含的意义。报告文学作为知识分子写作的方式，作者将自身定位为关注社会进程、参与公共事务的社会行动家，秉承批判意识，化身为不忘道义担当的理想主义者形象，参与公共事务，实现公共价值。因此，报告文学关注的客体首先是公共领域的公共事件。这是社会环境下时代造就的文化特色，体现了其作为知识分子的担当，也是公共客观地来观察当下的报告文学。在抗击"非典"、抗震救灾、载人航天、三峡工程、南水北调等重大事件中，报告文学作家从来都是主动出席，参与并担当，积极发声，为民族记录下了一卷卷生动可感的心灵史档案。有人认为："中国主流文学界对当下公共领域的事务缺少关怀，很少有作家能够直面中国社会的突出矛盾"，"最可怕的还不只是文学缺乏思想，而是文学缺乏良知"，因而怀疑小说家等文人"还有没有人愿意与这块土地共命运，还有没有人愿意关注当下，并承担一个作家应该承担的那一部分"①。

康德说，"世界上有两件东西最能震撼心灵：一件是我们心中崇高的道德法则，一件是我们头顶上灿烂的星空。"在现代化的进程中，基本的道德法则被丢弃的事件屡见不鲜，"心中崇高的道德法则"是支撑现代社会走向"文明"的精神力量。有鉴于此，主流意识形态强化了社会主义核心价值的宣传，通过树立道德模范在全社会弘扬正面的价值伦理。一般而言，主旋律报告文学报告的客体具有某种典型性。只有具有典型的价值，才能使之成为传输主流价值观的载体。

何建明的报告文学作品及时关注社会现实，关注社会公共事件，其作品的公共价值凸显，作者往往直面社会现实，触及社会深层次问题，记录时代发生的重大事件和重要变革。这些作品历史视野非常开阔，记录时代社会的变迁，见证共和国历史的风云际会。从业四十年，迄今为止，何建明已经出版了三十余部长篇报告文学，这些作品组合在一起，形成了对时代社会历史的一种全景式透视，一种高屋建瓴式的把握，汇成了一部气势恢宏、跌宕起伏的时代交响曲。《部长与国家》《破天荒》是反映中国石油工业艰苦创业、改革开放历史的两部重要作品；《国家行动》反映新中国世界瞩目的大工程三峡工程大移民，作品将报告的焦

---

① 丁丽洁，《思想界炮轰文学界：当代中国文学脱离现实》，载《文学报》，2006年6月8日。

点集中于三峡工程百万大移民,因为这对任何国家而言,都是一个世纪性的大难题,事迹感人,主题鲜明,显示了社会主义国家集中力量办大事的决心和胆识,表现了人民对这一事业的理解和支持,也向世界展示了中华民族在这一过程中的伟大凝聚力。这些作品在对重大社会历史事件的记录中,沉淀着成熟而理性的思考,也寄托着人们对沧桑世事的领悟和感慨;其他的宏大叙事作品《北京保卫战》《大国的亮点》《农民革命风暴》《中国农民世纪经典》,选取中国社会历史中某一重大的事件、某一重要的领域或者某一瞩目的人物群体作为记录的对象。

何建明的报告文学是非常侧重于对时代社会的一些敏感和前沿问题的及时报道和叙述的。在书写过程中,牵一发而动全身,勾连起国家和社会的各个方面,形成一种全景式的透视,让人们观察到中国社会的历史变革、人情世态、精神风貌,展示大国的风采,表达主流的声音。何建明的《山神》塑造了"全国脱贫攻坚奖奋进奖"得主黄大发的本真形象,三十六年来,他带领村民修筑"天渠"引水,改变山村面貌,堪称"当代愚公"。

塑造英雄人物,是一切进步文学的重要特征和普遍规律,一个民族任何时候都需要一种崇高的精神引导着人们的意识。"从文学创作的角度,英雄人物形象担负着重要的导向作用,英雄、新人代表着社会的前进力量。所以,塑造'社会主义新人'、英雄形象,就成为不断探索创新、从内容到形式都有所发展、有所前进的社会主义文学的一个不可忽视的课题。"[1]报告文学无论是关注"英雄人物"或是"重大事件",其目的主要是对时代精神的塑造与回应,引领与呼唤。近年来,社会道德伦理失范,人

---

[1] 蔡毅,《努力塑造时代英雄形象——学习邓小平同志关于塑造论文新人形象论述》,载《文艺报》,1996年8月23日。

心浮躁，世风堪忧，因此，政府大力倡导社会主义荣辱观和社会主义核心价值体系等，力挽社会风气。一批有见识、有抱负的作家主动以文学创作参与拯救世道人心，呼唤人生理想与信念，重建人文精神和民族品格，这样的作品无疑具有普遍而深远的社会意义，理应格外受人关注和推崇。从正面塑造时代英雄和楷模，弘扬崇高、感恩、奉献、真诚、坚韧、执着、勇敢等优秀的道德品质，热情讴歌真善美，在使读者受到高尚精神感染与熏陶的同时，引导人向善、学好，人活着，心灵不能如浮萍飘荡，要有所归依。英雄人物的身上永葆的忠义守信、知恩图报的精神，伟大的人格力量和人性光芒能够打动和感染所有的读者，它们能净化每个人的灵魂，引领人向着高尚之处飞升。我们的民族、我们的时代特别需要这样的精神支撑。

李青松的《一种精神》描写了一个执着于植树造林的"二杠子"乔建平，他本是一名拥有三座煤矿股份的农民，但却痴迷于造林绿化、改善生态这项造福人类的事业。为此，他不惜散尽家财，倾其所有，种树是他心中唯一的信念，当代愚公，种树不已，一个人竟然绿化了十万亩荒山，种了两千万棵树。正如作者所言，他种的何止是树，他种下的是一种精神。有了这种精神，"绿化祖国，再造秀美山川"的理想就不会沦为一句空话。蒋巍的《老百姓是天》讲述了黑龙江一名普通民警，哈尔滨松峰山镇派出所所长王影从警二十一年来始终秉持"老百姓是天，老百姓的事就是天大的事"这一坚定信念，做了不计其数的好事善事，因此深受百姓拥戴的感人故事。类似的英雄模范人物的故事还有很多，如郝敬堂笔下的纪检干部王琪的事迹《大巴山的女儿》等，其之所以能深深地打动人、感染人，大多也是因为他们充分展现了人物崇高的人生信念与人格魅力；李鸣生的《千古一梦——中国人第一次离开地球的故事》是关于一个伟大梦想和实现梦想的故事，写的是中国人的飞天大梦以及这个大梦如何在英勇、顽强、智慧、勤劳的中国人民手中一步一步历尽坎坷曲折却最终变成现实的故事；朱晓军的《"水鬼"的天下》描写了一位无私的海难救援者郭标，二十九年来他拯救了三百零九条生命和无数的船只，温暖、感动并影响了一方土地。作家们笔下的这些当代风流人物都是有精神品格和精神追求的人，都是有理想有抱负的人。他们的精神追求、品格人格，在我们这个社会具有树立时代精神标杆的意义，代表着我们时代精神的高峰。

2009年，报告文学产生全国性影响的奖励举措主要有两项。一是中宣部主办的精神文明建设"五个一工程"奖，一是中国报告文学学会为庆祝中华人民共和国成立六十周年而举办的"新中国六十年优秀中短篇报告文学奖"。"五个一工程"奖和鲁迅文学奖，对于广大报告文学作家的诱惑力和激励作用是巨大的，丰厚的奖金、巨大的社会声誉等诸多效益，在某种程度上，表彰与激励刺激了报告文学的相对繁荣。2009年10月颁发的第十一届"五个一工程"奖优秀图书奖评选的是自2007年至2009年6月底之前出版的长篇小说和纪实文学，获奖图书共二十八部，其中纪实文学十三部。李鸣生的《千古一梦——中国人第一次离开地球的故事》、何建明的《我的天堂》、黄晓萍的《真爱长歌》、傅宁军的《大学生"村官"》、关仁山的《感天动地——从唐山到汶川》，在时空交错的背景上展现历史的重大变革和社会的巨大进步，从不同的历史侧面表现一个国家的重大变革与命运、一个国家的梦想与追求以及在实现这个梦想与追求过程中无数仁人志士英雄豪杰所做出的卓越贡献。这些作品，多表现为几方面的特征：第一，表现和弘扬主旋律，有利于倡导爱国主义、集体主义、社会主义的思想和精神，有利于倡导改革开放和现代化建设的思想和精神，有利于倡导世界和平、国家统一、民族团结、科学发展、社会和谐、人民幸福的思想和精神，有利于倡导用诚实劳动争取美好生活的思想和精神。艺术地书写和表现红色历史（尤其是重大革命历史题材）、贴近和反映现实生活、弘扬民族精神、体现时代精神和历史发展趋势，塑造社会主义新人形象，积极表现社会主义核心价值体系，催人奋进、给人鼓舞的优秀作品备受青睐。第二，事关国家重大事件、国计民生的重要举措。为中华民族写史立传，特别是为新中国和改革开放写史立传的作品；及时反映当下生活重大事件，谱写民族精神和时代精神图谱的作品。第三，观照社会、历史重大事件，书写红色历史，表现重大事件，书写革命历史题材和改革开放现实题材的作品。第四，形成良好的社会效果，拥有较高发行量（"五个一工程"奖要求作品发行量一般应在三万册以上）和收视率，改编概率较高，被改编成电视剧、动漫等播出机会较多的作品。

新媒体时代，报告文学的发展不仅要从内容、选材、主题上创新，也要不断培养和更新人才，对报告文学作家群体紧急关注，有组织地培养和发展一批新生代的报告文学作家，维持可持续发展。当下，仍旧是一批跨世纪的报告文学坚守着支撑着报告文学的大局，何建明、杨黎光、赵瑜、徐刚、徐剑、李鸣生、王宏甲、黄传会、杨黎光、曹岩、李延国、蒋巍、杨守松、长江、曲兰等，深耕在报告文学园地。无可厚非，报告文学的发展和艰难维持，得益于一批20世纪80年代以来的报告文学作家群体的始终坚守，他们持久的具有活力的高质量的创作，延续着20世纪报告文学作家们胸怀天下、铁肩担道义的精神品格。后来一批年轻的报告文学作家踊跃加入这支队伍，如李春雷、朱晓军、陈启文、纪红建、丁燕、丁晓平、马娜、李朝全、王国平等，以新作呈现新气象。但是，以长远发展眼光看来，新生代报告文学作家依旧匮乏，作家群体"断层"无可辩驳，青年报告文学作家依然后继乏人。"目前中国报告文学学会有两千多名会员，但四十岁以下的很少，年纪大的作家里，有一部分已经不太动笔，而年轻作家，有的是不愿意写，有的是没有能力写。目前擅长写报告文学的作家太少了，报告文学缺乏力作精品。"①

---

① 《报告文学陷入窘境？专家称"追求商业化惹的祸"》，中国作家网，http://www.chinawriter.com.cn/2012/2012-08-24/139164.html.

结语
报告文学参与国家治理与个人发展

罗斯认为,"报告文学是一种三维性报道。作者不仅提炼现实,他还帮助读者去感受事实。优秀的报告文学者通过形象塑造完成写作思想。"十八大以来,报告文学在"讲述中国故事,凝聚中国力量,实现中国梦想"的伟大使命中积极发挥主力军的作用,报告文学作家在第一时间深入第一现场,运用第一手资料,积极挖掘社会各个领域的典型人物形象和故事,热情讴歌祖国、讴歌时代、讴歌楷模、礼赞英雄,形成了"有核心、有旗帜、有队伍、有作品、有信心"的生动局面,涌现出众多优秀作品。现实题材的报告文学作品用一系列的人物形象完成新时代积极传递社会正能量的发展需求,走在了"讲好中国故事"的最前列,奏响了"时代之声、爱国之声、人民之声"。

从国家民族发展、社会进步、个人发展多维视角衡量报告文学的时代价值,凸显其文体的多维功效,将报告文学的发展提升到新的高度。报告文学的文体特性紧扣时代脉搏,承担时代使命,聆听时代声音,勇于回答时代课题,这正是习近平总书记在中国文联十大、中国作协九大开幕式上的讲话中强调的内容,"用文艺振奋民族精神,实现中华民族伟大复兴;用积极的文艺歌颂人民、服务人民、观照人民"。

　　新中国成立以来,政治化报告文学与主流意识形态密切相关,在不同时期有新的表现形式和内容,生动的社会实践为报告文学写作提供了大量生动丰富的题材资源。从书写新中国成立、改革开放到反映新时代中国力量、中国创造,无不体现时代精神和主流价值导向。伟大的时代呼唤伟大的文学作品,伟大的文学作品应反映伟大时代的宏伟实践。从新时期到新时代,主旋律报告文学作品繁荣发展,紧扣时代和社会发展主题,作品以宏大的国家叙事参与国家建设和发展进程,描述中华民族砥砺奋进、和谐发展、创新进取的发展历程。作品实录中国历史中的诸多大事与细节,这些作品汇聚成一部波澜壮阔的当代中国发展史,成为中华民族的另一部新"史记",具有极其珍贵的文献价值。报告文学还积极参与到中国的航天事业、长江三峡工程建设、青藏铁路建设、导弹事业、南水北调工程、深海探潜、高铁发展、港珠澳大桥建设、抗洪救灾、荒漠化治理、脱贫攻坚、武汉战疫等具有标志性的国家建设工程和社会发展中,以全新的文学经验和有效的文学书写,丰富了报告文学的内存,体现了中华民族的智慧和力量,展现了中华民族伟大复兴的历史成就,弘扬了伟大的民族精神和集体主义精神。

　　我们处在印刷文学时代的"末期",在全媒体时代,文学似乎变得越来越不重要了,文学给人们带来的精神愉悦和快乐享受正在被日新月异的科技产品取代。正如德里达所说,印刷文学作为一种文化力量,正渐渐淡出人们的视野。但是,新时代需要新的时代精神引领时代的发展,给社会发展注入新的精神力量,习近平总书记说,"精神是一个民族赖以长久生存的灵魂。"新时代,实现中华民族伟大复兴,需要物质文明极大发展,也需要精神文明极大振奋,报告文学的发展同国运相牵,同人心相连。人无精神不力,国无精神不强,社会需要价值导航,国家需要精神引领,报告文学在新时代为人民提供了丰富的精神食粮。报告文学是人学,要不断增强其文学性,方能获得感动人心的力量。何以感动人心?报告文学要写人,新时代报告文学要努力挖掘鲜活的人物形象,凸显时代精神品格,积极塑造社会正能量,通过真实的人物形象将时代的精神力量传递到社会成员的生活中,发挥其影响人生的重要力量。